L'APPEL DES RIVIÈRES
Tome 1 - Le pays de l'Iroquois

L'APPEL DES RIVIÈRES
Tome 1 - Le pays de l'Iroquois

ANDRÉ VACHER

ÉDITIONS
MICHEL
QUINTIN

Données de catalogage avant publication (Canada)

Vacher, André, 1938-
    L'appel des rivières

    (Grande nature)
    Sommaire : t.1. Le pays de l'Iroquois - t. 2. Le caillou d'or.
    Pour les jeunes de 12 ans et plus.

    ISBN 2-89435-153-4 (v.1)
    ISBN 2-89435-154-2 (v.2)

    1. Coureurs de bois - Romans, nouvelles, etc. pour la jeunesse. 2.
Canada - Histoire - Jusqu'à 1663 (Nouvelle-France) - Romans,
nouvelles, etc. pour la jeunesse. I. Titre.
PS8593.A33A862 2000   jC843'.54   C00-941625-0
PS9593.A33A862 2000
PZ23.V32Ap 2000

Révision linguistique : Michèle Gaudreau
Illustration : Francis Back
Infographie : Tecni-Chrome

La publication de cet ouvrage a été réalisée grâce au
soutien financier de la SODEC et du Conseil des Arts du
Canada. De plus, les Éditions Michel Quintin bénéficient
de l'aide financière du gouvernement du Canada par
l'entremise du Programme d'aide au développement de
l'industrie de l'édition (PADIÉ) pour leurs activités
d'édition.

ISBN 2-89435-153-4
Dépôt légal - Bibliothèque nationale du Québec, 2000

© Copyright 2000
Éditions Michel Quintin
C.P. 340, Waterloo (Québec) Canada J0E 2N0
Tél. : (450) 539-3774   Téléc. : (450) 539-4905
Courriel : mquintin@sympatico.ca

1 2 3 4 5 6 7 8 9 0 A G M V 3 2 1 0

Imprimé au Canada

Il leur fallait le goût des grandes solitudes,
à ces conquérants d'infini,
ces chercheurs d'inconnu,
ces inventeurs de pays

Avant-propos

Lorsqu'il baptisa mont Royal la montagne qui dominait la bourgade indienne d'Hochelaga, Jacques Cartier ne se doutait pas de la formidable aventure qu'il allait déclencher. Pour la première fois, des hommes venus d'au-delà des mers avaient osé remonter l'imposant et mystérieux fleuve Saint-Laurent. D'autres les suivraient bientôt, mais aucun d'entre eux, qu'il soit paysan, missionnaire ou marchand, ne réalisait vraiment, en quittant la France, l'ampleur des difficultés qui l'attendaient là-bas. Il fallait posséder une force peu commune pour habiter ce pays-là. Il fallait être taillé pour les grandes tâches, et le plus humble des nouveaux arrivants se hissait quelquefois au niveau des découvreurs les plus audacieux.

Les coureurs de bois étaient de ceux-là. On les appelait *voyageurs* parce qu'ils passaient leur temps à courir les rivières en canot. On les admirait, mais on les dénigrait beaucoup aussi. On les accusait de ne penser qu'à eux-mêmes, sans se soucier de l'avenir de la colonie. Peut-être. Mais on ne disait pas que leur si grande liberté n'était parfois que celle de mourir de froid ou de faim. On oubliait que, sans eux, le commerce des pelleteries, indispensable à la vie de la Nouvelle France, n'aurait jamais pu se développer. On ignorait que leurs courses en canot ouvraient la voie vers cet hypothétique passage de l'Ouest, recherché depuis toujours. En réalité, ces inconnus étaient des héros dont les exploits n'avaient pour témoins que les immensités vierges qu'ils parcouraient.

Des récits de voyage en ont glorifié quelques-uns, laissant injustement dans l'ombre quantité d'autres, tout aussi téméraires, tout aussi importants. Tel ce Pierre Leblanc, venu de la Saintonge chercher une vie meilleure en Nouvelle France.

Lancé dans la course aux fourrures, le jeune Français connut les joies et les malheurs du *voyageur*, toujours aux prises avec les Iroquois et les rivières folles. Il ne fit pas fortune, mais il découvrit des chemins d'eau qui s'enfonçaient encore plus loin dans ce vaste pays qu'on appelle aujourd'hui Canada.

Mot de l'auteur

L'histoire racontée dans ce livre est basée sur des faits survenus en Nouvelle France dans la deuxième moitié du dix-septième siècle.

À cette époque, on ne parlait pas d'Amérindiens pour désigner les premiers habitants du pays, on disait Indiens ou bien, le plus souvent, Sauvages, sans aucune connotation péjorative. Ce sont les termes employés ici.

De même, l'orthographe de l'époque a été conservée pour certains noms de lieux : lac Ouinipeg, rivière des Outaouas… ainsi que certains mots et expressions tant français que hurons ou iroquois.

Cela nous a paru indispensable pour restituer l'atmosphère de cette grande aventure humaine et commerciale que fut la « course aux pelleteries ».

Chapitre 1

La Fringante

— **T**erre! Terre à tribord! lança de la grande hune l'homme qui fouillait l'horizon.

Depuis la veille on la savait proche, la terre. Trois fous de Bassan l'avaient annoncée de leur vol souple, et les marins avaient salué, le bonnet à la main, ces vieux amis venus leur souhaiter la bienvenue.

En un instant, tous les occupants de la *Fringante* se retrouvèrent au bastingage, à tenter d'apercevoir ce pays de promesses que des nébulosités ne libéraient pas tout à fait. Une même émotion étreignait marins et passagers, unis par trois tempêtes, une poursuite des Anglais et les misères d'une traversée interminable.

La *Fringante*, elle, portait de plus en plus mal son nom. Le dernier coup de tabac, juste avant le Grand Banc de Terre-Neuve, l'avait défigurée : vergues arrachées, voiles en lambeaux, bastingage brisé, sans parler des trous dans la coque, provoqués par un canon fou sorti de ses attaches. Depuis, tout l'équipage s'activait à calfater, à pomper l'eau dans la cale, à recoudre les voiles, à rafistoler la mâture... À redonner un peu d'allure à cette flûte transformée en navire marchand.

Voici sept ou huit... ou dix semaines, seul le capitaine le savait vraiment, qu'elle avait quitté La Rochelle. Destination, la Nouvelle France. À son bord, des marchandises et du courrier. Et aussi quelques passagers qui n'avaient maintenant de cesse de découvrir leur nouveau pays.

Mais ils n'en voyaient pas grand-chose. Que de la brume et du crachin qui laissaient parfois deviner une côte incertaine. Au hasard des manoeuvres, de gros rochers surgissaient soudain non loin du bateau, avec, toujours, en arrière-plan, des arbres, des arbres, des arbres.

— C'est pas un pays pour un chrétien ! laissa tomber un matelot.

— C'est même pas un pays du tout! renchérit un autre, c'est une forêt, rien qu'une forêt qui va si loin à l'Ouest que personne encore n'en a trouvé la lisière!

— Il y fait si froid l'hiver qu'on dit que les ours eux-mêmes n'osent pas sortir de leur cache!

— Plutôt affronter la mer océane que de poser le pied ici!

De tels propos ébranlaient les passagers. À leur assurance première se substituaient mille doutes, mille angoisses que ne calmait même pas l'idée que depuis Jacques Cartier bien d'autres avant eux s'étaient aventurés ici.

Ils étaient dix, ces passagers. Dix nouvelles recrues pour la colonie toute neuve : un missionnaire, une religieuse flanquée de deux orphelines, un militaire, deux charpentiers, un forgeron, un marchand et Pierre Leblanc, garçon de dix-huit ans à qui cette appellation de «Nouvelle France» donnait les plus folles espérances. L'«ancienne», la France des campagnes, l'avait si peu gâté jusque-là qu'il venait véritablement chercher une vie nouvelle ici. Sans rien savoir de ce pays d'Amérique, il en attendait tout. En fait, avec le marchand, il était le seul à avoir vraiment choisi d'embarquer sur la *Fringante*. Au missionnaire c'était la compagnie de Jésus qui l'avait ordonné. À la religieuse, la Congrégation des ursulines. Le jeune lieutenant venait servir dans la garnison de Québec, sur demande de sa famille lassée de ses frasques, et les charpentiers, comme le forgeron, répondaient à une requête du gouverneur désireux de construire des forts.

Si Pierre Leblanc nourrissait des ambitions qui le détourneraient de la terre, Jules Blondeau, le marchand, n'aspirait, lui, qu'à un seul but : s'en retourner sitôt fortune faite. Une partie de la cargaison lui appartenait : des ballots de couvertures, des pièces de tissu, des caisses de fusils avec la poudre et le plomb, des couteaux, des haches, des aiguilles, des marmites, des sacs de perles multicolores et des tonneaux d'eau-de-vie dont il comptait bien obtenir une montagne de ces peaux de castor payées si cher en Europe. La traversée l'avait terriblement éprouvé. Essuyer trois tempêtes quand on voyage avec son capital ! En étant en plus si malade qu'on abandonnerait tout contre un peu de répit !

Mais, Dieu merci, la *Fringante* avait tenu le coup. À présent les vagues rampaient et si le ciel restait obscur, on se savait hors de danger.

— Nous entrons dans le golfe Saint-Laurent, avait dit le capitaine.

Les brumes s'étaient dissipées mais à nouveau la terre avait disparu.

— Quatre-vingts lieues de long sur autant de large, précisa le second. C'est comme une mer, en plus calme.

Et pour les passagers, à nouveau l'impression de n'être nulle part. De courir, toutes voiles dehors, à la recherche d'un pays qui reculait toujours.

Ce soir-là, sitôt mis à la cape, les matelots rassemblèrent tout le monde sur le pont, en compagnie du capitaine et du second. Un large baquet rempli d'eau trônait au centre, face à deux marins agenouillés, tête nue, les mains liées derrière le dos. Un silence grave écrasait la *Fringante*, soudain crevé d'un cri aigre parti du grand mât où se tenait, tout en haut, un vieillard à longue barbe vêtu d'un capot écarlate. L'étrange personnage considéra un instant l'assemblée, puis s'agrippa aux cordages et descendit sans se presser, avec une étonnante souplesse pour son âge. Quand ses bottes ferrées touchèrent le pont, retentit un vigoureux « Vive le bonhomme Terre-Neuve ! » hurlé par le quartier-maître et appuyé par les hourras de l'équipage.

Le vieil homme s'adressa aux deux marins près du baquet :

— Lafleur et Latour, matelots de la *Fringante*, vous venez pour la première fois de franchir le Grand Banc de Terre-Neuve. C'est un acte important et je vais vous baptiser pour que vous en gardiez toujours le souvenir. Mais, auparavant, jurez-moi de ne jamais dévoiler à quiconque n'ayant déjà couru les mers d'Amérique le secret de cette cérémonie.

— Je le jure, dirent chacun à leur tour les deux hommes.

S'ensuivit alors un discours nébuleux qui parlait de femmes, de rhum et de mer puis, brusquement, quatre gaillards empoignèrent Lafleur et Latour et les plongèrent dans le baquet, leur maintenant la tête assez longtemps sous l'eau pour qu'ils y perdent tout leur souffle.

— Eh bien ! mes amis, annonça le bonhomme Terre-Neuve lorsque les rires se furent calmés, nous allons maintenant boire à nos nouveaux baptisés. L'un et l'autre ont pris la précaution d'offrir un peu de rhum pour la cérémonie, j'espère que nos passagers, qui eux aussi franchissent le Grand Banc pour la première fois, sauront suivre leur exemple!

Jusque-là spectateurs amusés, les passagers se mirent en frais de payer chacun une bouteille pour s'épargner le plongeon dans l'eau glacée. La religieuse et ses protégées en furent dispensées, mais le missionnaire, malgré la répulsion que lui inspirait cette cérémonie sacrilège, offrit du rhum lui aussi. Le capitaine y rajouta une demi-douzaine de cruchons, car il savait combien cette interminable traversée malmenait les forces et le moral de son équipage.

Toute la nuit, le pont résonna des cris et des chants des marins saouls. La petitesse du bateau poussait jusqu'à la cale l'écho de leurs chansons gaillardes que les prières de l'ursuline et du jésuite ne parvenaient à distraire des oreilles chastes des deux orphelines.

Le lendemain matin, le ciel s'était éclairci mais la terre demeurait invisible, tout au bout d'un horizon lointain et embrumé. Vers la mi-journée, deux petites îles apparurent, plutôt des gros rochers dont la blancheur de craie tranchait sur la mer grise. Le capitaine s'en rapprocha puis fit tirer un coup de canon. Alors les îles explosèrent, leur belle couverture blanche se déchira pour envahir les airs et aussitôt se reformer en un nuage d'oiseaux qui contourna le navire avant de revenir se poser.

La terre réapparut le surlendemain, sous la forme d'un énorme rocher troué à la façon d'une arche, assez haute pour laisser passer sans encombre une chaloupe mâtée. Non loin de là, le cap des Rosiers délimitait l'embouchure du fleuve Saint-Laurent, si large encore qu'on n'en voyait pas l'autre rive, et qu'on disait venir d'une autre mer enfermée loin, très loin à l'intérieur du pays.

Et un soir, Tadoussac. La première escale des bateaux arrivant de France. Les capitaines y font provision d'eau et s'y échangent les nouvelles. L'instant si émouvant du contact avec le Nouveau Monde, même si l'endroit n'en révèle pas grand-chose : un petit comptoir et quelques cabanes de *traiteurs*[1]... une minuscule chapelle...

Aujourd'hui, aucun autre bateau ne mouillait à Tadoussac. Aucun missionnaire n'y prêchait la bonne parole. Seul un coureur de bois y préparait une expédition. L'homme savait peu de chose de la colonie, n'étant pas allé depuis fort longtemps à Québec et n'ayant pas davantage vu de bateau en revenir. Pour les passagers de la *Fringante*, jusqu'au bout la Nouvelle France garderait son mystère.

Pour les marins, toutefois, la halte ne fut pas inutile. Le coureur de bois connaissait la recette huronne de l'*anneda* qui combat si bien le scorbut. On prit le temps de se soigner. Le capitaine ne leva l'ancre que le surlendemain, et encore attendit-il l'après-midi pour profiter d'un bon vent d'est et de la marée haute propre à neutraliser le puissant courant du fleuve Saguenay, qui rejoint le Saint-Laurent ici-même, à Tadoussac. D'incroyables histoires couraient sur ce Saguenay prétendument issu d'un fabuleux royaume où se trouvait en abondance un or inaccessible gardé par

---

1 Négociant en fourrures.

des Indiens féroces. Quelques rares
Français s'y étaient risqués sans qu'un seul
n'en revienne jamais. Jacques Cartier lui-
même avait rebroussé chemin.

Alors que depuis Tadoussac la *Fringante*
longeait la côte nord, voilà qu'elle se porta
au sud à l'approche d'une grande île
oblongue, vaisseau échoué en plein milieu
du fleuve : l'île d'Orléans. Québec était
maintenant tout proche. La prière du soir
dédiée à sainte Anne fut ponctuée par trois
coups de canon pour appuyer la reconnais-
sance que lui vouaient les marins. Pour la
première fois depuis La Rochelle, quand la
nuit cerna le navire, les lueurs de quelques
habitations se joignirent aux étoiles. Les
passagers s'attardèrent sur le pont à les
observer, à imaginer des gens autour des
lampes à huile. Un souffle de bise tiède
leur apporta l'espoir que le pays n'était
peut-être pas aussi cruel qu'on le
prétendait.

Si près du but, ni le missionnaire, ni
l'ursuline, ni le marchand, ni Pierre
Leblanc ne trouvèrent vraiment le sommeil. Les dix passagers éprouvaient tous la
même hâte d'être au lendemain. Ils s'installèrent sur le pont sitôt que les marins

hissèrent les voiles, à scruter les berges qui défilaient à portée de fusil. Les hommes aux champs arrêtaient leur ouvrage pour regarder ce bateau qu'ils essayaient d'identifier. Ils agitaient haut les bras et chacun sur la *Fringante* répondait à leur salut.

Tout au bout de l'île d'Orléans, le fleuve se rétrécit brusquement. Une pointe de terre lui barrait le passage. La *Fringante* entreprit de la contourner et, à peine se fut-elle engagée que chacun à bord sentit sa gorge se nouer. Juste en face, sur l'autre rive, se dressait le bastion de la Nouvelle France : Québec.

Chapitre 2

Ceinture fléchée, plume au chapeau

Après l'étonnement, la déception. Une si petite bourgade au bout d'un si grand fleuve. Les passagers s'étaient fait une tout autre idée de la capitale de cette Nouvelle France. Un voyage aussi éprouvant pour découvrir quelques maisons sombres adossées à une falaise. Une ville à deux niveaux, avec un fort et des clochers.

La foule pourtant, sur le quai, était impatiente d'apprendre les nouvelles de France. En avant, des religieux, des militaires venus accueillir les leurs. Pierre Leblanc n'était pas attendu mais le marchand, Jules Blondeau, lui fit une proposition :

— Je possède une lettre de recommandation pour un négociant d'ici, venez avec moi, ce monsieur pourra peut-être vous aider.

L'homme s'appelait Jacques Ménard. Arrivé voici trois ans, il commençait à tirer de gros profits du commerce des fourrures, le seul ici capable d'enrichir quelqu'un. D'entrée, il s'efforça de calmer l'impatience de Blondeau.

— En Nouvelle France, monsieur, on n'est pas maître de son temps. C'est l'hiver qui commande. Les Sauvages ne trappent qu'en hiver et certains n'apportent leurs pelleteries qu'en août, à la grande foire de Montréal.

— C'est parfait, nous sommes le six juillet, ça me laisse trois semaines pour transporter mes marchandises à Montréal !

— Les choses ne sont pas aussi simples, monsieur Blondeau. Il faut savoir que les Sauvages empruntent l'essentiel de leur fourniment pour partir chasser, sous promesse de rembourser en fourrures. Ce qui veut dire que les meilleurs ballots ont déjà un propriétaire !

— ... Mais... la foire de Montréal alors ?

— Des fourrures de seconde qualité... que vous paierez le plein prix et revendrez moins cher en France !

— Alors, quelle est la solution? Que me proposez-vous? lâcha Blondeau, déçu et irrité.

— La solution, c'est d'aller directement chercher les fourrures chez les Sauvages.

— Ha! fit Blondeau, saisi de répulsion.

— N'ayez crainte, ce n'est pas vous qui vous en chargerez. Des hommes, ici, connaissent les tribus et parlent leurs dialectes. Nous leur confions les marchandises, ils nous rapportent les plus belles fourrures. Ce qui veut dire, dans la plupart des cas, un profit de quatre cents pour cent! Qu'en dites-vous?

Rien. Jules Blondeau n'en disait rien. Depuis qu'il traitait des affaires, il en avait connu des délicates, des bizarres, des illicites... mais aucune qui ressemblât à ce qu'on lui proposait aujourd'hui. Laisser partir sur des canots d'écorce, avec les mille dangers des rivières, des marchandises obtenues à crédit ne lui semblait pas tout à fait correspondre à la prodigieuse facilité de faire fortune tant vantée par les marchands de Bordeaux ou de La Rochelle.

— Mon problème, dit-il, c'est l'obligation de rembourser une partie de ma dette
en janvier prochain...

— Janvier! Fichtre, cela fait court! Mais
je crois pouvoir vous accommoder.

Blondeau lâcha un soupir.

— J'arrive tout juste de Montréal avec
un joli lot de pelleteries que la *Fringante* va
emporter en France. Je peux vous en céder
quelques ballots...

— Vous me feriez une avance?

— Non, monsieur Blondeau, pas une
avance, un échange contre des marchandises. La saison est bien avancée, mais il
n'est pas encore trop tard pour envoyer
des canots chez les Sauvages.

Jules Blondeau ne répondit pas. Il
réfléchissait.

— Nous pourrions même nous associer
pour cette opération, poursuivit Ménard,
et affréter plus d'embarcations. Davantage de marchandises, davantage de
fourrures!

Blondeau hésitait. Décidément, cette
idée d'expédier des marchandises aux cent
diables ne lui disait rien qui vaille. Et
encore moins d'abandonner à quelqu'un
d'autre le soin des transactions sur place. Il

préférait faire cela lui-même. Aussi, quoi qu'en disait Ménard, la foire de Montréal ne lui paraissait pas aussi inintéressante que ça.

Mais il y avait cette échéance de janvier.

Après deux jours de réflexion, il accepta l'offre de Jacques Ménard et se laissa même convaincre par le projet des canots car, entre-temps, il s'était renseigné. Les avis ne différaient guère : la foire de Montréal, à laquelle d'ailleurs bien des Indiens ne venaient plus, n'attirait vraiment que les militaires ou les gagne-petit. Les grosses affaires se traitaient au coeur des tribus, en pleine forêt.

Maintenant il fallait faire vite pour monter l'expédition. Dès le lendemain, ils embarquaient dans un canot dit «rapide», que quatre hommes mèneraient en trois jours à Montréal.

Pierre Leblanc se vit confier par le marchand Blondeau la tâche de veiller au chargement des marchandises sur une grosse barque où, à sa grande satisfaction, il prendrait place aussi.

Sans connaître encore le pays, il devinait en Montréal le centre stratégique pour un jeune comme lui. Les bateaux venus de

France s'arrêtaient à Québec, comme les fonctionnaires et les militaires, bien installés dans le fort ou le château Saint-Louis. Comme l'évêque dans sa cathédrale toute neuve. Seules les marchandises remontaient plus avant le Saint-Laurent.

Leblanc ne voyait pas d'avenir pour lui à Québec.

— Tu sais, lui avait dit un colon installé depuis quatre années, si j'étais jeune et libre comme toi, sans famille à nourrir, j'irais pas m'éreinter dans les champs, je m'engagerais dans la course aux pelleteries.

Alors, plus encore il tardait à Pierre Leblanc de connaître Montréal.

Il mit six jours pour y parvenir. Malgré un vent favorable, la lourde barque pontée peinait contre un courant que les marées rendaient très contraignant. Tellement qu'avec le soir, rochers et battures devenaient trop dangereux. Les bateliers jetaient l'ancre au creux d'une baie, avalaient leur ration de fèves et se recroquevillaient pour la nuit dans l'étroit réduit de la proue.

Trop accaparés par l'effort, ils parlaient peu, même s'ils connaissaient par leur nom de nombreuses rivières qui se jetaient dans le fleuve. Presque à mi-chemin, au bourg des Trois-Rivières, ils reçurent l'hospitalité de quelques amis, et Pierre Leblanc qui pensait en apprendre un peu sur son nouveau pays en fut pour ses frais, tant on le harcelait de questions sur la France qu'il venait de quitter. Ici aussi, dans ce haut lieu de la fabrication des canots de traite, on lui confirma que malgré les injonctions du gouverneur mieux valait la forêt que la terre.

Montréal apparut un milieu d'après-midi, signalée de loin par la bosse d'une montagne. Tout comme Québec marquait le terme de la navigation maritime, Montréal était au bout de la navigation fluviale, brutalement interrompue par des rapides infranchissables. Le fleuve à cet endroit s'éparpillait en chenaux formant autant d'îles, dont la plus grande abritait Hochelaga, ancienne bourgade indienne devenue Montréal.

La barque accosta au « Pied du Courant », où les marchandises furent transbordées dans deux chars à boeufs et acheminées directement à Lachine, à trois lieues de mauvais chemin.

Lachine. Juste en amont d'un terrible passage. Au carrefour des routes de l'Ouest et du Nord. Le lac Saint-François ou la rivière des Outaouas. Le point de départ de toutes les aventures. De tous les rêves menant à... la Chine.

En ce mois de juillet, l'endroit semblait désert. La grosse activité prenait Lachine en mai, lorsque après la fonte des glaces les canots pouvaient s'en aller vers les Pays d'en haut. La fin août les ramenait chargés de fourrures et Lachine ressuscitait.

Pour cette opération tardive, Jacques Ménard avait affrété deux grands canots menés par une douzaine d'hommes. Vu les circonstances, ce n'était certainement pas les meilleurs pagayeurs du pays, mais le pire pour Ménard restait la personnalité de leur chef, un dénommé Dugay. Paul Dugay.

Héros pour les uns, filou pour les autres, connaisseur incontesté des Indiens et de leurs rivières, il aurait présenté d'assez bonnes garanties si un grave différend avec une tribu d'Odawas ne lui avait attiré l'interdiction de certains territoires et la suspicion des

autorités. L'affaire remontait à deux ans.
Une histoire de fusil, éclaté au nez d'un
chef indien. Quatre compagnons de
Dugay périrent dans les représailles. Un
seul réussit à s'échapper avec lui, un
homme réputé grand buveur, ce qui
dévaluait fortement son témoignage. On
prétendait que Dugay avait mis trop de
poudre pour se débarrasser du chef et lui
voler sa femme. Lui clamait qu'il s'agissait
simplement d'un accident. Bref, le doute
subsistait. Tout comme les conditions du
voyage, soi-disant effectué pour le
compte d'un marchand, alors que certains affirmaient que Dugay traitait ce
jour-là pour son propre compte. Sans
permis et avec de l'eau-de-feu. Double
faute sévèrement punie en Nouvelle
France. Mais, là encore, sans certitude...
Le massacre des quatre Français consti-
tuait déjà un si grand malheur que les en-
quêteurs n'investiguèrent pas plus avant
et jetèrent l'anathème sur ces barbares
d'Odawas. Et malgré les réserves de
quelques-uns, on conclut que Paul Dugay
possédait un sacré courage pour se ris-
quer ainsi chez des Sauvages où l'erreur
se payait si cher.

C'était le seul guide que Jacques Ménard avait pu trouver.

Dès que les chars à boeufs arrivèrent à Lachine, les marchandises furent placées dans un entrepôt où Dugay et ses hommes s'employèrent aussitôt à les répartir en gros paquets cubiques faits de toile cousue, avec des oreilles aux quatre coins pour une meilleure prise. Ils appelaient cela des *pièces*. Chacune pesait quatre-vingt-dix livres. Quand tous les chaudrons, les couvertures, les miroirs, les haches, les couteaux furent emballés, on compta quarante-huit *pièces* dûment numérotées, auxquelles s'ajoutaient les poches de fèves et de lard, ainsi que, pour chaque embarcation, la corde de halage et le nécessaire de racines, de gomme d'épinette et d'écorce indispensable à la réparation des coques.

D'entrée, Pierre Leblanc s'était proposé pour aider aux préparatifs, mais Dugay l'avait repoussé.

— Pourquoi ne voulez-vous pas l'engager? avait alors demandé Jules Blondeau, il pourrait vous accompagner.

— L'engager! Mais vous n'y pensez pas, monsieur! À peine arrivé de France, déjà dans un canot!

— Il est solide et courageux...

— Peut-être, mais ça ne suffit pas. C'est une rude affaire, monsieur, que d'être *voyageur* ! C'est un métier qui doit s'apprendre comme tout autre.

— Eh bien ! justement, c'est l'occasion !

— Non monsieur, pas sur un voyage aussi long et si tard dans la saison !

Pierre Leblanc était très déçu. Un instant il avait espéré. Sans avoir jamais manié l'aviron, il doutait que cela fût plus éprouvant que le fléau, la faux ou la charrue.

Il ne quitta pourtant pas Lachine avant le départ des canots, fasciné par le rituel des *voyageurs*. Ceinture fléchée et plume au chapeau. La simple plume affirmant l'expérience des Pays d'en haut, la seconde, rouge, distinguant les hommes clés : le *devant* et le *gouvernail*.

En se détachant du bord, tous levèrent haut leur pagaie, puis le chef et guide Paul Dugay salua du chapeau son *gouvernail*, à qui revenait l'honneur d'entonner le chant de circonstance. D'un même élan les avirons plongèrent dans l'eau, tandis que résonnait *J'm'en vais rouler ma bosse*.

Déjà la cadence était prise. Les canots s'éloignaient rapidement, laissant dans leur sillage cette chanson de route que Pierre Leblanc entendait pour la première fois, mais qu'il avait pourtant l'impression de connaître depuis toujours.

Chapitre 3

La traite des fourrures

En cette fin de juillet, les Indiens commençaient à arriver à Montréal pour la foire aux fourrures. Il s'agissait de Hurons qui voyageaient par flottilles entières pour mieux se garantir des attaques iroquoises.

Le marchand Blondeau n'était pas reparti à Québec, voulant, malgré l'avis de Jacques Ménard, obtenir des ballots supplémentaires qu'il ne désespérait pas d'envoyer rapidement en France sur un bateau de dernière heure. Il avait gardé Pierre Leblanc avec lui car les manutentions ne manqueraient pas, d'autant qu'une seconde barque devait lui apporter un complément de marchandises. Un entrepôt tout entier était retenu à Lachine et, en attendant d'y empiler les fourrures, Pierre Leblanc s'intéressait aux Indiens. Ces fameux Sauvages dont on parlait tant en France et que l'on ne connaissait guère mieux ici.

C'est d'abord leur façon de s'habiller qui le frappa. Ou plutôt leur manière de n'être pas totalement nus. Pour cela, un *brahier*[1] passé entre les cuisses et noué à la taille, des mocassins plissés agrémentés de perles et de grelots. Le soleil d'août rendait luisants les corps enduits de graisse, et Pierre Leblanc s'étonnait que ces hommes soient imberbes. Les cheveux toutefois ne leur manquaient pas, plutôt réunis en tresses sombres retombant sur les épaules. Plus longs encore, ceux des femmes leur descendaient aux reins. Brossés et graissés, ils laissaient voir les oreilles piquées de perles rouges, vertes ou jaunes. Les robes taillées droites, des épaules aux genoux, s'enjolivaient aussi de perles dans le bas et sur la ceinture qui quelquefois marquait la taille.

---

[1] Sorte de pagne en peau d'élan.

Hommes et femmes dissimulaient leurs traits sous un maquillage à base de vermillon. La plupart des hommes arboraient, du front à la poitrine, des tatouages aux lignes rigoureuses. Aux oreilles de certains, un fil retenait de courtes plumes ou une touffe de poils.

Tout ce monde s'activait en silence. Chaque famille, chaque tribu regroupait ses pelleteries, les triait, en faisait de nouveaux ballots entassés à l'ombre d'un arbre ou d'un toit d'écorce.

Les échanges ne pouvaient commencer qu'après la traditionnelle rencontre du gouverneur, monsieur de Frontenac, avec les ambassades de chaque nation huronne. D'interminables palabres exaltaient les bonnes intentions réciproques, concrétisées par la remise du *wampun*[1] qui signifiait aussi le début des transactions.

Jules Blondeau avait déjà circulé parmi les Indiens. À force de gestes et de paroles incompréhensibles, il avait même tenté d'établir des contacts. Non sans se faire violence, car ces hommes à demi nus, sales et huileux, lui répugnaient. Et l'inquiétaient,

---

[1] Large collier de coquillages aux motifs savamment ordonnés.

ainsi cachés derrière leurs fards et leurs tatouages. Ménard l'avait mis en garde
contre leur habileté à tricher sur la qualité
des pelleteries. Aussi Blondeau n'hésitait
pas à palper les peaux d'un air connaisseur, mais en rageant au fond de lui-même
de son incapacité à réellement pouvoir
juger. À peine flairait-il, lorsqu'un ballot
sentait plus mauvais que les autres, qu'il
contenait des peaux gâtées, mal séchées
après être tombées à l'eau. Ou bien mal
écharnées, en début de putréfaction.

— À moins de bien connaître ses four-
nisseurs, avait dit Jacques Ménard, il faut
tout leur faire déballer avant d'acheter. Les
Sauvages n'attachent pas la même importance que nous aux fourrures et, de plus,
ils sont très négligents.

Mais Jules Blondeau n'en était pas
encore là. Il découvrait. Il observait. Il mesurait, étonné, l'ampleur de cette foire qui
rythmait depuis des années la vie de
Montréal. Depuis que le castor était la
vraie monnaie de la Nouvelle France.

On venait ici de très loin, de Québec ou
des Trois-Rivières, et si les gros marchands
s'organisaient autrement, les fonctionnaires, les militaires ou même les *habitants*

ne manquaient jamais l'événement. Ici, aucun permis n'était requis, tout servait de moyen d'échange. Seul l'argent n'intéressait pas les Indiens, mais l'argent n'encombrait pas non plus les colons. Les militaires surpassaient tous les acheteurs. Sous prétexte de protéger, et les Indiens de l'avidité des colons, et les colons de la fourberie des Indiens, ils soutiraient des avantages à tous. Cette position privilégiée non seulement compensait la modicité de leur solde, mais leur procurait en plus un rôle de première importance auprès de certains hauts fonctionnaires que leur condition empêchait de venir troquer eux-mêmes. Jusqu'aux jésuites, disait-on, qui faisaient appel à leurs services.

Il fallut deux jours au marchand Blondeau pour fixer son choix sur un Huron nommé Amoshish. Les palabres furent écourtées car Jules Blondeau ne supportait ni les manières d'Amoshish, ni la chaleur étouffante. Il donna quelques sols à l'interprète puis demanda à Pierre Leblanc de s'occuper du transport des ballots.

Lui aussi, depuis son arrivée à Montréal, avait beaucoup flâné parmi les attroupements.

Tant d'effervescence l'émoustillait. Et la hâte le tenaillait de courir la forêt à la recherche du castor.

Mais en attendant, il marchait au pas lent de deux boeufs qui tiraient les trente-cinq ballots de Jules Blondeau. Il les empila dans l'entrepôt, à côté de quelques lots d'articles que le marchand se félicitait d'avoir soustrait à l'échange. Sa tâche s'arrêtait là. Dans deux ou trois jours un charretier se chargerait de tout mettre dans une barque pour Québec et lui, Pierre Leblanc, resterait à Montréal, à chercher du travail. Jules Blondeau lui avait payé une semaine d'avance à l'auberge, il n'était pas inquiet. Il se savait vaillant, et puis maintenant il avait un but, clair, précis. Il s'endormit heureux, en louangeant la Nouvelle France qui l'accueillait si bien.

Le lendemain, une animation particulière régnait à l'auberge. On s'y pressait plus nombreux. On y parlait gravement. On y sentait la peur et l'indignation.

— Ça a commencé près du fleuve, chez les Sauvages cabanés pour la foire, disait un homme, une beuverie qui s'est transformée en chicane. Ils se sont tant battus que plusieurs en sont morts. D'autres ont eu le nez ou les oreilles arrachés mais, après tout, quand ça reste entre eux... Le plus grave, c'est qu'ils s'en sont pris à l'un des nôtres et qu'ils l'ont massacré, avec sa femme et ses enfants !

— Si seulement on connaissait le maudit qui les a fait boire de même ! coupa un gros barbu. Un cruchon par-ci, un cruchon par-là, passe encore, mais pour les énerver de la sorte, toute une bande, c'est une barrique entière qu'il a fallu !

— J'ai toujours trouvé cette foire dangereuse, tant de Sauvages ensemble, si près de nos maisons...

— Vous dites ça parce que vous n'avez rien à y troquer ! Elle n'est point dangereuse si l'on n'y vend point d'eau-de-vie !

— Il faut laisser la traite aux coureurs de bois. Au moins ce qu'ils trafiquent en forêt ne nuit pas aux colons !

Tout d'abord incrédule, Pierre Leblanc se sentait maintenant très déçu et perplexe. Il passa la matinée à écouter ces hommes faire et refaire le procès de la traite des fourrures. Il comprit jusqu'à quel point, ici, tout le monde se retrouvait tributaire de ce commerce. « Le castor paye le fonctionnaire», disait-on à Québec et plus encore à Versailles où Louis XIV exigeait que les possessions d'outre-mer produisent au moins ce qu'elles coûtaient. Ailleurs c'était la canne à sucre ou les épices, ici c'était le castor.

Tout aux propos qu'il entendait, Leblanc s'aperçut à peine qu'on lui tapait sur l'épaule. C'était Jules Blondeau, un peu pâle, qui lui demandait de le suivre dans un endroit plus tranquille.

— J'ai un imprévu, dit-il d'une voix sans assurance, je dois prendre dans les meilleurs délais un canot pour Québec, pouvez-vous surveiller mes pelleteries et vous occuper de les faire embarquer le moment venu?

— Avec plaisir, monsieur Blondeau, vous pouvez compter sur moi.

Le marchand paya d'avance, largement, et le jeune Leblanc se dit qu'après tout, l'importance accordée aux fourrures devait certainement justifier de telles rétributions. Et pour faire honneur à la confiance qu'on mettait en lui, il se rendit sur-le-champ à l'entrepôt.

Surprise! Aux trente-cinq ballots empilés la veille s'en rajoutaient vingt, alors que les quelques paquets de marchandises supplémentaires avaient disparu. Ainsi que les tonnelets d'eau-de-vie.

Leblanc n'osait en tirer la conclusion qui l'envahit comme un malaise. Non, pas monsieur Blondeau.

Il refusait d'admettre que la précipitation du marchand à regagner Québec était due à sa culpabilité. Il voulait croire que sa fébrilité ne tenait qu'à son émotion devant le drame d'hier, qu'à sa peur qu'il se renouvelle aujourd'hui.

Mais là, dans l'entrepôt, les faits parlaient d'eux-mêmes.

Leblanc referma soigneusement la porte et partit réfléchir le long du quai. Sans doute était-il le seul à savoir. Et si on le questionnait? Si on l'accusait d'être complice, lui qui avait passé la journée à aider Jules Blondeau? Certes, ce dernier avait mené sans lui les transactions, mais comment le prouver? Et puis, toutes ces fourrures dont il avait la charge!

Il regagna l'auberge, doublement attentif à ce qu'on y disait. Le temps passant, on en savait davantage. Aux dires des rares témoins, c'était plus de cinquante Indiens, sans compter les femmes et même les enfants, qui s'étaient laissés tourner la tête par l'eau-de-feu. L'effet fut fulgurant. Des paroles aux cris, de la bousculade aux coups, une bagarre générale avait éclaté. On hurlait, on cognait, on se mordait le nez, on incendiait les cabanes, sans aucune conscience de ses gestes.

Et puis ils s'en étaient pris à la famille Payette.

Mais pourquoi les Payette?

Certains disaient, sans autre précision, que les méthodes employées par Paul Payette pour obtenir des pelleteries ne pouvaient que lui attirer des problèmes. Bien sûr, on mènerait enquête. Les militaires questionneraient. On parlerait aux Indiens. Mais, curieusement, eux qu'une mémoire prodigieuse préserve toujours des égarements en forêt ne se souviendraient de rien. Ils clameraient que le «lait du roi de France» n'est qu'un redoutable poison qui leur liquéfie la cervelle. Ils maudiraient les Français de le leur avoir fait connaître mais se diraient incapables de refuser cette boisson diabolique. Et l'on reviendrait au point de départ.

Pierre Leblanc écoutait tout cela sans rien dire, tourmenté par l'idée qu'il détenait un bien mauvais secret au sujet de Jules Blondeau.

Montréal était sous le choc. À la stupeur succédait l'abattement, maintenant que les cloches sonnaient le glas des Payette et que, là-bas au bord de l'eau, les Indiens dessoûlés pleuraient à grands cris la disparition des leurs.

* * *

La première lune de septembre marqua le départ général. En un éclair, les cabanes d'écorce furent démontées, pliées, roulées et, le lendemain, seuls quelques feux mal éteints témoignaient du séjour de toutes les tribus. Une longue file de canots s'engagea sur la rivière des Outaouas, tandis que des barques surchargées prirent le courant du Saint-Laurent. Les Hurons regagnaient leur forêt, les acheteurs leurs bourgades. Montréal retrouvait son calme.

Déjà l'automne s'annonçait, à coups de jaune sur les bouleaux, de brun mordoré sur les chênes et les hêtres. Bientôt s'y mêlerait le flamboiement des érables. Sitôt passée l'apothéose où la forêt s'embraserait des couleurs les plus vives, l'hiver pouvait tout aussi bien surgir. C'en était

vraiment fini des fourrures pour cette
année, et Pierre Leblanc, en désespoir de
cause, trouva à s'employer chez un colon
des environs de Montréal nommé Jean-
Baptiste Langlade.

L'homme exploitait depuis six ans une
terre de trente arpents dont le tiers culti-
vable produisait le blé et les légumes,
tandis que la surface en prairie suffisait
tout juste à nourrir le bétail. Il fallait défricher encore. À l'approche de la quarantaine,
Langlade commençait à faiblir. Cette terre
l'avait usé. La vie aussi. Impuissant à sur-
monter la perte de sa femme emportée par
une mauvaise fièvre un an seulement
après leur arrivée, il était resté seul avec
ses deux filles, à travailler de toutes ses
forces pour les élever lui-même, pour leur
éviter la maison des ursulines. Presque en
âge à présent de se marier, Catherine et
Jeanne demeuraient toujours avec lui, sup-
pléant maintenant l'épouse qu'il ne voulait
point remplacer. Mais trente arpents exi-
geaient trop de cet homme. C'est pourquoi
il avait engagé Pierre Leblanc.

Voilà trois mois bientôt que Leblanc
s'éreintait chez Langlade, de la pique du
jour à la brunante. Excepté les dimanches.

Après les récoltes il avait fallu remettre le sol en état, et encore creuser des fossés en prévision des pluies, réparer les clôtures... et toujours entretenir les bâtiments et les chemins... et défricher, essoucher. L'incessante bataille pour arracher à la forêt cette terre nourricière.

Leblanc retrouvait là, en plus dur, le lot de tous les paysans de France. Ce qu'il avait toujours connu. Ce qu'il avait voulu fuir en s'embarquant pour les Amériques. Un soir, alors que Langlade, comme pour compenser la fatigue, épiloguait sur le bonheur de bâtir un pays, Leblanc laissa tomber :

— Moi, ce qui m'intéresse ici, c'est pas la terre, c'est les pelleteries !

— Ah ! toi aussi ! À peine arrivé ça te monte déjà à la tête ! C'est pas si facile que tu crois, la course aux pelleteries !

— Sans doute, mais au moins on voyage, on passe pas toute sa vie dans le même champ...

— Et les dangers, y as-tu pensé aux dangers ? Les rapides, les bêtes, la forêt... Et les Sauvages ! Tu as vu ce qu'ils ont fait à la foire, dans le bois c'est tous les jours de même quand ils ont de l'eau-de-feu !

— Pourtant il me semble que les coureurs de bois ne donneraient pas leur place...

— Ah! Les coureurs de bois! Ils nuisent plus à la colonie qu'ils ne la servent, ceux-là! Ils sont tout juste bons à nous faire des histoires avec les Sauvages. Ils retardent l'évangélisation, ils nous font une mauvaise réputation. Monsieur de Frontenac a bien raison de leur mener la vie dure. Crois-moi, Leblanc, un bon gars comme toi n'a rien à faire chez les coureurs de bois!

Chapitre 4

L'ordonnance du gouverneur

Embusqué dans les contrées du nord, l'hiver fondit sur la colonie peu après la Sainte-Catherine. On l'attendait, on s'y était préparé. Mais cette année il n'arrivait pas seul, une très mauvaise nouvelle l'accompagnait, rapportée par des *voyageurs* rentrés juste avant la prise des glaces. Eux-mêmes la tenaient de quelques Chippewas enfuis de leur village incendié.

Les Iroquois !

Ces terribles Iroquois qui auraient décidé de s'en prendre à « ces chiens de Français qui arment contre eux les Hurons », et cela « sans attendre que l'eau des rivières ait recommencé à couler librement ». La cible était Montréal, d'où partaient les canots d'armes pour l'ennemi huron. Certes, à Montréal on redoutait toujours les Iroquois, mais pas en hiver. Même pour des hommes aussi diaboliques, la saison n'était guère propice aux déplacements.

Pourtant les *voyageurs* étaient formels.

Déjà, voilà dix jours à peine, une des dernières barques à regagner Québec avait été capturée à une vingtaine de lieues de Montréal par un parti d'Iroquois venus par la rivière Richelieu. Bateliers massacrés, une femme et sa fillette emmenées comme esclaves. Et puis dans la foulée, une bourgade abénakis anéantie, maisons brûlées, population tuée et scalpée.

La menace semblait sérieuse. Très mal protégée, Montréal ne pouvait compter que sur le courage de ses habitants. Accoutumés aux raids iroquois, la plupart pourtant n'en connaissaient souvent pas les raisons précises. Les plus anciens en rejetaient la faute sur monsieur de Champlain qui, évaluant déjà l'enjeu colossal du marché des fourrures, avait voulu faire de la Huronnie son fournisseur exclusif. Les Iroquois s'en étaient offusqués. Bientôt ils se mirent à intercepter les convois hurons, n'hésitant pas à tuer leurs frères de race. Pour protéger ses approvisionnements, la Nouvelle France fournit alors des fusils aux Hurons et les Iroquois en obtinrent tout naturellement des Anglais. La guerre était déclarée parmi les Indiens eux-mêmes.

Quelques-unes des plus tristes pages d'histoire se sont écrites avec l'anéantissement de la Huronnie et, par-là même, du commerce des pelleteries. La Nouvelle France s'asphyxiait. Le royaume affrontait bien trop de problèmes en Europe pour soutenir une poignée de «Canadiens» sur qui de plus en plus soufflait le vent de la désertion.

Il fallut l'audace de quelques *voyageurs* qui décidèrent de partir en traite chez les nations les plus éloignées. Avant toute chose, ils voulaient établir le contact avec les Indiens qui résistaient encore aux Iroquois. C'est ainsi qu'ils rencontrèrent les Outaouas repoussés au-delà du lac des Illinois par l'ennemi commun. Grands marchands, ces Outaouas souffraient beaucoup de la situation, aussi acceptèrent-ils, malgré les risques, l'association que venaient de si loin leur proposer les Français. Les attaques iroquoises ne cessèrent pas mais le commerce reprit, incertain, dangereux. Avec cette nouvelle alerte, on craignait qu'à nouveau il ne cesse au printemps.

Pierre Leblanc ne savait pas vraiment s'il devait s'en inquiéter, trop impressionné par l'hiver. Un hiver comme il n'en avait jamais soupçonné dans sa Saintonge natale.

La maison des Langlade émergeait à peine de la neige. Le vent en attaquait férocement les rares parties à découvert, poussant de fins cristaux jusqu'à l'intérieur, aveuglant les petites fenêtres, obligeant à garder constamment la chandelle allumée. La vie n'existait plus qu'auprès du feu. Tous se tenaient devant la cheminée, les filles ravaudant ou cousant, les hommes réparant leurs outils. Le tragique combat de la flamme et du gel tournait souvent à l'avantage de ce dernier qui s'insinuait en dedans pour figer ce qu'on gardait trop éloigné du foyer.

Les jours moins froids, Langlade emmenait son engagé battre les chemins pour la circulation des carrioles, ou même couper des arbres, à hauteur de la neige, pour avancer le défrichage.

— Le premier hiver est le plus dur, répétait-il lorsqu'il voyait Leblanc peiner.

Mais ce dernier supportait mieux le froid qu'il ne l'aurait cru. Catherine et Jeanne lui avaient confectionné de chauds vêtements et des mitaines auxquels leur père avait rajouté une paire de bottes neuves.

— Dans ce sacré pays, un homme sans femme ne résiste pas aux froidures! lançait-il à tout bout de champ, mais Leblanc se contentait d'approuver de la tête, comme s'il ne comprenait pas l'allusion.

Ce repli forcé devant la cheminée, avec les filles de Langlade, le mettait mal à l'aise. Cet automne, dans les champs à coeur de jour, il n'était resté à l'intérieur que le temps de manger. Il n'y couchait même pas, ayant son grabat dans l'étable. À présent qu'il dormait dans un recoin de la maison, qu'il vivait nuit et jour à la maison, il se sentait comme prisonnier de la famille Langlade.

Et l'autre, avec son «dans ce sacré pays, un homme sans femme ne résiste pas aux froidures!» Cette seule petite phrase

l'aurait jeté sur les chemins s'il avait su où
aller. Jamais il n'avait attendu un printemps avec autant d'impatience.

Mais il était encore loin, le printemps.
Certains jours, le gel serrait si fort les
arbres qu'ils se fendaient tout net en cra-
quant, comme frappés par la foudre. Les
lendemains de tempête, d'énormes bancs
de neige modelaient un paysage nouveau
où l'on se frayait à grand-peine un
passage.

Les nouvelles ne circulaient pas plus
vite. C'est à l'église qu'il en parvenait toujours quelques-unes. Chaque dimanche,
Jean-Baptiste Langlade retrouvait à la chapelle Notre-Dame des Neiges son propre
banc, dont il acquittait scrupuleusement la
dîme. En ces temps incertains, le curé dé-
laissait quelque peu ses prêches habituels,
propres à mortifier tout *habitant* ne don-
nant pas le meilleur de lui-même à la
colonie, pour prévenir du danger iroquois.
Mais, ce deuxième dimanche de février,
c'est une ordonnance du gouverneur qu'il
lut en chaire.

« Attendu que nous sommes tous les
jours à la veille de voir les ennemis tomber
sur la colonie, et que nous sommes obligés

de demeurer en corps pour la défense du pays, nous faisons interdiction, sous peine de la vie, à tous les habitants, de quelque qualité et condition qu'ils puissent être, de s'écarter de la colonie et de se mettre en marche pour aller aux Outaouas, ni pour entrer dans la profondeur des bois sans un congé en bonne forme, signé de nous. »

Et le curé d'assortir l'interdiction de sa sanction à lui : l'excommunication.

Voilà, tous étaient prévenus. Même si cela touchait très peu de monde, cette minorité suffisait à provoquer des débats enflammés parmi la population. Les *habitants* qui défrichaient, qui labouraient, qui cultivaient, eux surtout ne portaient pas les coureurs de bois dans leur coeur. Ils n'entretenaient aucune illusion sur leur civisme et savaient très bien qu'ils partiraient quand même au printemps. Ils avaient vu assez d'interdits semblables pour savoir quel crédit y accorder. Mais ce qui les mettait le plus en rage, c'était cette autre idée du gouverneur de créer des milices pour palier le manque de soldats. S'ils en approuvaient l'idée, ils doutaient d'avoir les moyens de jouer ce rôle. Réunis après la messe dans la salle des *habitants* attenante au presbytère, ils laissaient exploser leur colère.

— Vingt-quatre heures ne suffiront bientôt plus à faire notre journée!

— Et pendant que nous chasserons l'Iroquois, les récoltes pourriront!

— Nous sommes déjà les plus menacés et c'est encore à nous autres qu'on demande des sacrifices, pendant qu'ailleurs des gens s'enrichissent avec les fourrures!

— C'est la faute aux fourrures et aux coureurs de bois, tout ça!

— La course aux fourrures nous mènera à la catastrophe, quand nous pourrions édifier dans la paix une si belle colonie, prophétisait le curé.

Et Jean-Baptiste Langlade était de son avis :

— À ce jour, dit-il le soir à Pierre Leblanc, j'ai onze arpents en culture, deux autres en labour de pioche et tant que j'en veux à défricher. Ça au moins c'est bon pour le pays!

— C'est sûr, répondit poliment Leblanc, qui au fond de lui-même était certain d'une chose : ses attentes en Nouvelle France ne ressemblaient pas à une ferme entourée de forêt à défricher.

Si Jean-Baptiste Langlade, comme la plupart ici, n'envisageait pas d'autre bonheur, il se trouvait quand même à Montréal et à Québec des gens pour qui l'avenir du pays passait par les coureurs de bois. Et pas seulement les marchands, tous ceux qui souhaitaient que la Nouvelle France ne s'arrête pas à Lachine, mais s'étende jusqu'à ces régions éloignées dont parlaient les *voyageurs.* Ceux qui voulaient savoir si, à force d'avancer vers l'ouest, on atteindrait un jour les Indes.

Ceux-là portaient aux nues les coureurs de bois, et leur pardonnaient volontiers de n'être pas là pour repousser l'Iroquois. L'Iroquois qui faisait peur à tous et dont la cruauté était bien, avec l'hiver, l'évidence la mieux établie d'un bout à l'autre du pays.

Chapitre 5

Prisonnier des Iroquois

L'hiver s'éternisait. Certes, le froid n'avait plus toujours la force de transformer la pluie en neige, mais de violentes tempêtes rappelaient encore régulièrement qu'il n'était pas moribond.

Après ces temps d'immobilisme, on avait grand hâte d'agir. On guettait la terre sous la neige, la rivière sous la glace. On faisait des plans.

Avant que ne se libèrent les énergies trop longtemps contenues, le gouverneur rappela son ordonnance et sa mise en garde contre les Iroquois. En plus des précautions habituelles, il demandait à chaque *habitant* de ne jamais s'éloigner de chez lui seul et sans arme. Tous ne possédaient pas de fusil mais redoutaient suffisamment l'Iroquois pour ne pas se méfier, même si leur travail allait s'en trouver bien compliqué.

Et puis, un matin, on sut que le printemps était là. À la légèreté de l'air, au soleil insolent, presque chaud, à cette clarté oubliée. Il subsistait bien, çà et là, des plaques neigeuses accrochées aux creux ombreux, mais leur existence ne tenait plus qu'à quelques belles journées. La terre buvait ces innombrables rigoles dévalant les pentes, la sève gonflait les bourgeons, les oiseaux reprenaient de la voix. Cette vie que l'on croyait étouffée jaillissait maintenant pour donner au printemps l'image d'une résurrection.

Les hommes se retrouvaient. Ils reprenaient leur labeur. Et même la crainte des Iroquois n'altérait pas leur enthousiasme. Un sentiment plus fort leur assurait que l'avenir de la colonie ne pouvait dépendre de l'humeur belliqueuse de quelques tribus.

La première attaque ébranla Montréal.

En ville on disait qu'elle ne concernait qu'un seul homme, mais qu'elle annonçait des actions d'envergure. Cela s'était passé très près du mont Royal, sur la Côte des Neiges, où un certain Leblanc, un tout jeune homme, avait été fait prisonnier.

Pierre Leblanc! Capturé par les Iroquois.

Jean-Baptiste Langlade ne parvenait pas à s'en remettre.

— Tout a été si vite, racontait-il pour la énième fois. Leblanc travaillait à débiter un tronc et je me trouvais près d'une souche avec les boeufs quand je l'ai entendu crier. Des branches me le masquaient, j'ai couru vers lui, juste pour le voir disparaître dans le bois, entraîné par cinq ou six Sauvages. J'étais trop loin pour tirer. Quelle misère! Quelle misère!

— Il n'avait pas de fusil?

— Non, c'est moi qui l'avais, le fusil, c'est le seul de la maison. Quelle misère!

Et quelle épreuve pour Leblanc.

En l'attrapant, les Iroquois lui entaillèrent l'épaule avec un *tomahawk* puis, une fois en forêt, ils le rouèrent de coups avant de lui lier les bras dans le dos pour l'emmener dans leur village.

Ils marchaient vite, à la file, deux en avant du prisonnier, trois en arrière. Ils avançaient sans détour, se glissant comme des lynx dans les taillis. Pierre Leblanc suivait péniblement. Entravé par ses liens, il recevait les branches au visage, trébuchait sur les racines. L'Iroquois derrière lui le frappait sans cesse pour le faire presser. Celui qui fermait la marche prenait grand soin de remettre la végétation en place après leur passage.

Ils ne stoppèrent qu'une heure ou deux plus tard, se figeant dans un silence que ne troublaient que les halètements du Français. Ils écoutèrent, puis, toujours sans un mot, reprirent la course.

Pierre Leblanc n'avait aucune notion de la distance parcourue, et moins encore de la direction prise. Cette forêt, si profonde et si dense, lui enlevait même l'espoir qu'on parvienne à le secourir.

À nouveau le groupe s'arrêta. Un Iroquois partit seul en avant et bientôt retentit, par trois fois, le cri de l'engoulevent. Les autres répondirent et rejoignirent l'éclaireur qui les attendait au bord d'une rivière. Chacun s'y désaltéra, le prisonnier aussi, que ses liens empêchaient de faire couler sur son épaule blessée un peu de cette eau de glace.

La piste maintenant suivait la berge, à l'envers d'un courant peu marqué. Si la végétation s'éclaircissait, le sol, souvent mou et fangeux, ne facilitait pas pour autant la progression. L'allure, pourtant, ne faiblissait pas. Des coups de pied engageaient le Français à ne pas relâcher son effort, ponctués de cris, sans doute des injures, à présent que les ravisseurs se savaient hors d'atteinte. D'ailleurs, ils ne se préoccupaient même plus de leurs empreintes dans la boue.

Au terme de quelques méandres, les berges, brusquement, s'encombrèrent de rochers tout glissants du limon de la débâcle. Un courant grandissant entreprit bientôt de déchirer la rivière blanchie d'écume par les écueils. Elle ne s'assagit qu'après un escalier de gros blocs granitiques au-delà duquel, profonde et imposante, elle paraissait de taille à parcourir un long chemin.

C'était l'endroit qu'avaient choisi les Iroquois pour dissimuler leur canot. Ils délièrent les bras du prisonnier, lui firent enlever ses bottes puis, agenouillés sur le fond d'écorce, entreprirent de remonter le courant.

Pierre Leblanc pouvait enfin se reposer, assis sur ses talons. Sa coupure à l'épaule

l'élançait. Il la frôla d'un doigt et sentit que
le sang était coagulé. Là encore, au centre
du canot, il ne voyait devant lui qu'un dos
revêtu de peau souple sur laquelle retom-
bait une courte tresse noire partie du
milieu du crâne soigneusement rasé
ailleurs. Au-dessus des mocassins serrés à
la cheville, une sorte de bas, en peau égale-
ment, que les colons appelaient des
mitasses.

Pierre Leblanc appréciait ce répit. Des
crampes lui venaient aux jambes, mais il
les préférait aux coups. Mille pensées
s'agitaient dans sa tête. Où l'emmenait-
on? Pourquoi ne l'avait-on pas tué? Quel
sort lui réservait-on? Devait-il encore
espérer du secours? Chaque coup d'aviron
l'enfonçait un peu plus dans l'angoisse. Il
pensa sauter par-dessus bord, faire chavi-
rer l'embarcation, mais pour quel résultat,
lui qui ne savait ni nager, ni s'orienter en
forêt? À supposer qu'un miracle le débar-
rassât des cinq Iroquois!

La rivière déboucha bientôt dans un lac
où maintenant le canot filait à bonne allure,
parallèle à la rive. Avec la même aisance
qui les animait en forêt, les Iroquois ma-
niaient l'aviron, imperturbables, infatigables,

creusant l'eau en cadence, sans autre bruit qu'un simple égouttement. Et puis, tout au bout, la rivière réapparut, sauvage et torturée, pour devenir bien vite impraticable. Les Iroquois mirent pied à terre et, le canot sur la tête, entreprirent de contourner rapides et cascades. Pour la première fois depuis sa capture, Pierre Leblanc remarqua l'empreinte d'un passage.

Le voyage à présent s'entrecoupait sans cesse de portages. Un vrai sentier complétait fidèlement la rivière qui traversait la forêt à grand fracas. Et à nouveau un lac, tout rond, tout calme, comme serti dans un écrin d'épinettes. Les Iroquois se dirigèrent en plein centre d'où, les mains en cornet, ils lancèrent de longs cris stridents. Comme un écho, les mêmes cris retentirent là-bas, quelque part derrière les arbres.

Pierre Leblanc sentit sa peur monter d'un cran.

À mesure que l'embarcation se rapprochait du bord, les cris redoublaient. Personne pourtant n'apparaissait sur cette plage de sable gris. Aucun canot ne s'y trouvait, aucune habitation non plus.

Sitôt à terre, les Iroquois rattachèrent les bras du prisonnier qu'ils entraînèrent dans un passage masqué par les arbres. Quatre guerriers surgirent alors, tout bardés d'arcs et de flèches, tout bariolés de peintures vives. Tout fiers des nombreux scalps qu'ils portaient en trophées. Pierre Leblanc changea de main et ses nouveaux gardes le poussèrent sans ménagement sur le sentier.

Un village se trouvait non loin : quelques cabanes d'écorce, longues et massives, bien alignées autour d'un grand espace libre. Menant à cette place, une haie humaine bruyante et gesticulante : la population au complet, hommes, femmes et enfants confondus, rangés sur deux lignes. Un guerrier plus grimé que les autres leva les bras pour les calmer, leur tenant d'un ton sentencieux un discours ponctué d'approbations braillardes qui tournèrent à l'hystérie quand le prisonnier se retrouva projeté au beau milieu.

Ce fut comme un ouragan. Les coups pleuvaient de partout. Coups de pied, de poing, de pierre ou de bâton. Sans la moindre parade possible. Leblanc comprit que seule la course le sauverait du lynchage. Alors, il courut, aussi vite qu'il le put, entre ces deux rangées de forcenés.

Un enfant le fit trébucher et il crut sa dernière heure arrivée, tant les gens rivalisaient de violence pour le clouer au sol. Mais il se releva et, par il ne savait quel sursaut d'énergie, parvint enfin au bout du couloir maudit.

Face aux maisons d'écorce, il chancelait. Sa tête résonnait de mille chocs qui lui brouillaient la vue, qui noyaient dans un bourdonnement insupportable les cris de ses tortionnaires. Mais c'était l'accalmie. Deux guerriers l'empoignèrent pour le conduire dans une hutte où il se laissa choir comme un pantin défait. Sa nuit ne fut qu'un cauchemar. La peur du lendemain finit de le priver du peu de sommeil que la douleur aurait pu lui consentir.

Au petit matin, les cinq hommes qui l'avaient capturé vinrent le chercher. Une foule se tenait sur la place, calme, sans agressivité apparente, qui le regardait avec curiosité. Pierre Leblanc frissonnait dans ses habits en loques, sous l'effet de la fièvre et de la fraîcheur humide. Trois autres prisonniers furent amenés près de lui, sans doute des Hurons dont les corps nus n'étaient que plaies. À l'un il manquait une oreille, et plusieurs doigts aux

autres. Tous avaient aussi les bras liés au-
dessus des coudes. La population fit cercle
autour d'eux, un chef s'avança et pronon-
ça quelques paroles qui déclenchèrent des
hurlements. Un des ravisseurs de Leblanc
lui répondit avec autant de fermeté et
obtint le même résultat sur l'assemblée.
Puis, une escorte de six guerriers emmena
les prisonniers hors du village.

Ils prirent, à l'opposé du lac, un sentier
qui partait à l'assaut d'une colline.
Indifférents à la pente, les Iroquois avançaient d'un pas égal, tout comme les
Hurons, pourtant mal en point, qui depuis
le village chantaient. Une mélodie lente et
lugubre, ultime fierté de ces guerriers captifs. Et le Français, à leur exemple, appelait
de ses maigres forces les vertus stimu-
lantes de cette mélopée.

Le sentier s'arrêtait au sommet. Un
panorama de verdure, troué çà et là de la
tache d'un lac, s'étendait à plein horizon.
Les Iroquois identifièrent le détail, l'accident de terrain qui, de point en point,
guideraient leur progression. Bien que
le soleil ne chauffât pas encore, des
myriades d'insectes s'activaient de partout, profitant sans réserve des plaies

avivées des prisonniers. Les Iroquois, eux, abondamment enduits de graisse, les ignoraient superbement.

De repère en repère, la marche continuait. Interminable. Implacable. Ne fût, de temps en temps, la traversée d'un gué où les captifs parvenaient à s'asperger, aucun répit ne leur était accordé. Sauf quand les Iroquois doutaient de leur route. C'est au cours d'une de ces discussions qui les divisaient toujours, qu'un Huron murmura à Pierre Leblanc :

— Maudits chiens d'Iroquois, quand ils voient pas d'rivières, ils savent pas s'orienter !

— Vous parlez français !

— La *robe noire*[1] m'a appris, dans mon village.

Mais la course reprit, épuisante et pourtant plus légère à Pierre Leblanc qui sentait maintenant une raison d'espérer.

La fin du jour les arrêta près d'un étang à castors où les moignons d'arbres laissés par les rongeurs servirent à attacher les prisonniers. Couché sur le dos, chacun était retenu, en croix, par les pieds et les mains. En interdisant tout

---

[1] Nom donné par les Indiens aux missionnaires.

mouvement, cette position inconfortable
évitait aux Iroquois d'avoir à monter la
garde.

Ainsi écartelé, Pierre Leblanc ne savait
ce qui, de la faim, des crampes ou des
douleurs, le faisait le plus souffrir. Seul le
sommeil aurait pu le soulager, mais le
sommeil ne lui venait pas. La nuit vibrait
de mille bruits. Au loin des loups hur-
lèrent. Il connaissait leur cri, il l'avait déjà
entendu en France. Plus encore que là-bas
il l'effrayait aujourd'hui. Mais personne ici
ne semblait s'en soucier. Les Iroquois
dormaient probablement et les Hurons
s'employaient à rompre leurs entraves.
Leblanc aussi avait essayé, mais les liens
d'écorce d'orme s'étaient noués un peu
plus fort, lui engourdissant les extrémi-
tés. Les Iroquois s'y connaissaient pour
neutraliser un prisonnier.

Aux premières lueurs du jour, il venait
de s'assoupir quand des cris le ramenèrent
à la réalité. Les Iroquois s'en prenaient à
un Huron dont un des liens, patiemment
rogné avec l'ongle du pouce, était presque
coupé. Moins d'une heure aurait suffi
pour qu'il cède. Des coups de pied sanc-
tionnèrent l'initiative, pour les trois

Hurons comme pour le Français puis, pour parer à toute récidive, un guerrier coupa sur-le-champ le pouce responsable. La victime ne montra pas plus sa souffrance que sa déception d'avoir échoué de si peu. On rattacha les bras des prisonniers, la marche reprit et les Hurons se remirent à chanter.

D'étangs en rivières, de plaines en collines, de marécages en sablières, toute la journée le groupe progressa d'un bon pas pour atteindre, au soir, un autre village. Des guerriers tout peinturlurés, enguirlandés de plumes et de scalps prirent alors possession des prisonniers pour les conduire à leur chef. Le Huron traduisit pour Pierre Leblanc.

Solennel dans son manteau rouge, face à la population rassemblée, le chef remercia *Tshishé Manitou* d'avoir permis la capture d'un Français et de trois Hurons. Il loua la ruse et la bravoure de ses guerriers partis si loin accomplir leur exploit. Puis, aux captifs il dit s'appeler Sagodagehté, grand chef onondaga renommé pour sa façon de punir les ennemis.

— Je vous demande de traiter comme ils le méritent les quatre chiens galeux

qu'on nous amène et, pour commencer,
préparez-vous à leur faire les caresses de
bienvenue, conclut-il en s'adressant à la
foule qui hurlait sa joie.

Le gourdin à la main, on fit la haie.
Poussés au centre, les prisonniers
essayaient de courir mais des jeunes
traversaient sans cesse pour les ralentir et
les faire bastonner davantage. Aucun des
quatre pourtant ne tomba, et c'est
hagards qu'ils parvinrent au bout. Un
échafaud se dressait sur la place. On les y
fit monter sous une clameur d'invectives
et d'injures auxquelles les Hurons répondaient avec une étonnante ardeur. Une
femme particulièrement excitée, tantôt
hurlait sa rage aux captifs, tantôt s'adressait à Sagodagehté qui, touché par ses
suppliques, finit par annoncer « quelques
caresses supplémentaires à ces misé-
rables chiens si bien alliés pour faire la
guerre à mon peuple ». À ces mots, des
jeunes bondirent pour assener quelques
coups bien placés mais la harpie, encore
insatisfaite, se précipita à son tour sur le
Huron à l'oreille arrachée pour lui
couper la seconde avec une coquille de
mulette. L'assistance criait. Pourtant

quelques paroles de Sagodagehté ramenèrent le calme :

— Le Conseil doit délibérer du sort des prisonniers, annonça-t-il. En attendant, conduisez-les dans une cabane où il faudra bien les traiter.

C'est aux femmes qu'incombait cette tâche. Sitôt les quatre malheureux enfermés, elles vinrent leur porter à manger et les soigner. Pierre Leblanc ne savait plus que penser. Après un immense découragement, il se reprenait à espérer. Avec beaucoup de douceur, une vieille Indienne nettoya son visage et son corps de tout le sang qui s'y trouvait collé. Elle lava ses plaies, appliquant ensuite, sur les plus méchantes, des compresses à base de gomme de sapin baumier. Les Hurons bénéficiaient de la même bienveillance. Plus abîmés encore, ils furent pansés de feuilles macérées, maintenues par de fines racines au bout de leurs doigts amputés. On fit boire à chacun une décoction propre à calmer le mal comme à favoriser le sommeil.

Tard dans la nuit, la porte de la hutte s'ouvrit sur l'un des guerriers en faction qui réveilla les prisonniers pour leur annoncer le verdict du Conseil.

— Le grand capitaine Sagodagehté et
les Onondagas les plus considérables du
village ont décidé que vous devez tous
mourir dans moins de trois soleils.

Chapitre 6

Le supplice

Quand le Huron traduisit la sentence à Pierre Leblanc, ce dernier crut défaillir.

— ... Mais... Je ne leur ai rien fait, moi, aux Iroquois...

— Tu es Français, les Français sont amis des Hurons, c'est un crime assez grand pour eux.

— ... Et... dans trois soleils?

— Oui, le temps que le soleil se lève encore trois fois, jusque-là ils vont nous soigner et nous faire manger.

— Mais pourquoi, si nous devons mourir ensuite?

— Ils auraient pu nous faire mourir hier soir, expliqua sans plus d'émotion le

Huron, mais nous étions trop affaiblis pour supporter longtemps la douleur, surtout toi.

Le silence retomba dans la cabane. Dans cette guerre fratricide entre Hurons et Iroquois, la règle imposait un maximum de cruauté à l'égard des captifs. Les trois Hurons savaient quelles souffrances il leur faudrait endurer, mais Pierre Leblanc ne se sentait concerné, ni par ces rivalités, ni par ces coutumes. À peine arrivé en Nouvelle France, il ne voulait pas déjà finir au poteau de torture.

— On peut pas essayer de s'enfuir?

— Pas facile de s'échapper d'un village iroquois, répondit le Huron, mais si l'occasion se présentait, marche dans la forêt une heure ou deux, pas plus, trouve une bonne cache et n'en bouge pas de plusieurs jours. Ils iront te chercher plus loin, pendant ce temps tu pourras partir dans une autre direction.

— ... C'est que... je ne sais pas m'orienter en forêt...

— Fie-toi au soleil, avance toujours vers l'est, et longe prudemment les rivières.

Le lendemain, les femmes revinrent avec leur potion et leur bouillie de maïs. Par deux fois elles changèrent les pansements. Les prisonniers retrouvaient quelque allure, si bien que les Hurons disaient ne pas vouloir attendre davantage pour se soumettre aux tortures. Mais les femmes leur apprirent que ce délai tenait au fait que cinq guerriers partis faire des captures n'étaient toujours pas revenus.

— Peut-être attendront-ils encore si leurs guerriers n'arrivent pas d'ici les trois soleils ? demanda Pierre Leblanc au Huron.

— Si leurs guerriers ne sont pas rentrés, c'est qu'ils sont morts, et notre mort à nous n'attendra pas plus longtemps.

Il avait vu juste. À la fin du jour se présenta un Iroquois très mal en point, unique rescapé de l'expédition tombée elle-même dans une embuscade huronne. Les soigneuses ne revinrent pas ce soir-là, mais les Hurons apprirent la nouvelle par les cris et les lamentations qui s'élevèrent dans le village. Le lendemain matin, un sage du Conseil, en grande tenue, se présenta à l'entrée de la hutte.

— Vous pouvez chanter votre chanson de mort, déclara-t-il, la fête commencera au coucher du soleil.

En réalité, depuis leur capture les
Hurons n'avaient pas vraiment interrom-
pu leurs chants. La mélopée qui soutenait
leurs pas en forêt accompagnait aussi leur
attente en prison. Après l'annonce de l'Ancien, elle prit le ton du défi, vantant la suprématie de la nation huronne. Mais ces
refrains épiques n'impressionnaient guère
les Onondagas, tout à leurs préparatifs. On
dressait les foyers, on fourbissait les chaudrons. Les hommes se peignaient, sur le
visage et le corps, des dessins symétriques
aux couleurs vives. Paré comme à la
guerre, chacun arborait les scalps témoins
de sa bravoure. Bientôt on mettrait les
haches à rougir, ainsi que les lames
d'épées obtenues des Anglais.

Le Conseil délibéra une partie de la
journée, sous la double autorité de
Sagodagehté, le chef de paix, et de
Quapakay, le chef de guerre. Selon une
pratique éprouvée, la fête s'organisait,
assombrie par la perte de quatre guerriers,
rehaussée du plaisir qu'on aurait de les
venger. Dans l'après-midi, un chien fut
tué et mis à bouillir, plat de choix qui
distinguait les festins d'exception. Des
femmes s'employèrent à noircir le visage

et le corps des prisonniers avec un mélange d'huile de poisson et de charbon de bois. À Leblanc qui était blond, elles teignirent aussi les cheveux.

Quand le soleil eut disparu, on vint chercher les prisonniers pour les conduire dans la cabane du Conseil. Une assemblée de sages et de guerriers se tenait le long des murs d'écorce, silencieuse et digne, fumant paisiblement. Assis au centre, le chef Sagodagehté invita les Hurons et le Français à se placer face à lui.

— Mes neveux, leur dit-il d'une voix doucereuse, il faut que vous sachiez qu'à l'arrivée du messager m'annonçant votre venue, je m'imaginais que des Onondagas perdus à la guerre étaient ressuscités et revenaient parmi nous. Mais, maintenant que mes yeux voient dans quel état vous êtes, avec autant de doigts coupés, et surtout ceux qui tendent la corde de l'arc, je pense que vous feriez de bien mauvais chasseurs et de piètres guerriers. Aussi je change d'avis. Sans réussite à la chasse et sans succès à la guerre, je suis sûr que votre existence ne vous satisferait pas et que vous préférez mourir plutôt que d'être condamnés à vivre comme des femmes.

Alors prenez courage, mes neveux, préparez-vous pour cette nuit de fête et ne vous
laissez point abattre par la crainte des
tourments.

— De quel genre sera notre supplice?
demandèrent comme un seul homme les
trois Hurons.

— Vous mourrez par le feu.

— Voilà qui va bien, voilà qui va bien.

Au ton paisible de la conversation,
Pierre Leblanc crut à quelque clémence du
chef iroquois, qui s'adressa ensuite à lui
par le truchement du Huron.

— Toi, mon neveu français, tu connais
maintenant Sagodagehté, le grand capitaine des Onondagas. Les tiens ont fait
beaucoup de mal aux Onondagas. Ils ont
donné des fusils aux Hurons, nos ennemis,
et des jeunes gens de notre village ont subi
le feu de ces fusils. En prenant pied sur
notre terre, les Français ont apporté des
maladies inconnues, qui ont jeté beaucoup des nôtres dans la souffrance et la
mort. Et voilà que vos *robes noires* veulent
détruire dans nos têtes ce que nos pères
nous ont appris à respecter et à aimer.
C'est pour tout cela que tu dois mourir
aussi.

— ... Mais... moi je ne leur veux pas de mal, aux Iroquois, je viens juste d'arriver, protesta Leblanc, livide et tremblant.

— Tous ceux qui viennent de ton pays font le malheur des Iroquois. Prends courage, mon neveu, tes tourments seront moins longs, car ceux de ta race ne savent pas souffrir comme les gens d'ici et la mort les délivre toujours plus tôt.

Puis Sagodagehté annonça que le festin pouvait commencer. À ces mots, les trois Hurons se levèrent et l'un d'eux lança à l'assistance :

— Mes frères, voici notre festin d'adieu. Sachez qu'après vous pourrez déployer toute votre imagination pour nous faire souffrir, nous ne craignons ni la douleur ni la mort.

Et ils se mirent à chanter et à danser en longeant les murs. Des guerriers se joignirent à eux, tandis que des femmes alignaient au sol différents plats de viande ou de poisson. Elles s'occupèrent ensuite de faire manger les Hurons aux mains trop abîmées. Les chefs Sagodagehté et Quapakay leur mettaient eux-mêmes aux dents leur propre calumet, alors que des Iroquois moins considérables les rafraîchissaient d'un éventail de plumes.

Pierre Leblanc n'avait le coeur ni à manger ni à fumer. Il refusait tout. Ces femmes voulant absolument le nourrir comme un fils malade l'agaçaient. Et la courtoisie des guerriers discutant avec leurs prisonniers hurons, les traitant en frères dans cette assemblée bienveillante! Non, décidément, le Français ne comprenait pas ce jeu-là.

Quand les chaudrons furent vides, quelques Iroquois raccompagnèrent les prisonniers dans leur hutte, comme on reconduit des amis. La nuit s'était depuis longtemps posée sur la forêt, défiée au centre du village par les flammes nerveuses de six gros feux. Les Hurons se remirent à psalmodier avec force, en ignorant Leblanc et ses questions.

Peu après, la porte se rouvrait sur des guerriers venant chercher les deux Hurons les plus présentables pour les emmener dans une immense cabane toute en longueur.

— Elle appartient au grand capitaine Quapakay, dit un Iroquois, on n'y prononce que des paroles de guerre.

Tout le village s'entassait à l'intérieur. Une plate-forme courait le long des murs, chargée des vieillards et des sages parés de leurs habits brodés. Assis à terre, hommes, femmes et enfants se serraient de part et d'autre d'un alignement de onze feux distants d'à peine deux enjambées. Depuis longtemps allumés, tout en braises, ils dégageaient dans cette pénombre rougeoyante une épouvantable chaleur.

Quapakay rappela la sentence du Conseil et demanda solennellement à chacun de «bien faire son devoir». C'était le signal. À ces mots on poussa les Hurons dans le couloir incandescent.

L'un derrière l'autre, les deux hommes essayaient de sauter les feux, de passer à côté. Mais la place manquait et les Iroquois assis tout près s'appliquaient à les brûler au passage avec des tisons ou des écorces enflammées. Le jeu consistait à placer un brandon là où se posaient les pieds nus. Chaque bonne touche s'accompagnait de cris horribles provenant des tortionnaires eux-mêmes qui contrefaisaient les plaintes que les victimes s'appliquaient tant à retenir. La hutte semblait en feu. Les flammes avivées des foyers, la fumée âcre, la chaleur étouffante, les hurlements stridents, tout concourait à faire de la Cabane des Têtes Coupées la préfiguration de l'enfer.

À peine les Hurons parvenaient-ils au dernier feu qu'on les renvoyait en sens inverse pour un nouveau passage encore plus difficile, encore plus douloureux. Ils en étaient au énième tour de cette ronde infernale quand, à mi-parcours, au lieu d'éviter les foyers, les voilà qui sautent au beau milieu, en projetant à coups de pieds les charbons rouges à la face des Iroquois assis.

La surprise et l'effroi venaient de balayer l'excitation. Arrosés de braises et de cendres, brûlés, aveuglés, ceux des premiers rangs cherchaient à se relever, bousculés par les autres en arrière, tous suffoquant dans cette obscurité enfumée où plus personne à présent ne distinguait les deux Hurons qui se ruaient vers la sortie. En un instant la panique gagna l'assemblée, certains pensant que la hutte venait de prendre feu. L'étroite porte devenait bien malcommode pour une telle affluence, au grand malheur des Hurons reconnus à leurs bras attachés. Le premier fut stoppé d'un coup de *tomahawk* en pleine tête, tandis que le second en profitait pour passer et s'enfoncer à toutes jambes dans la nuit, sans que l'on sache très bien où le poursuivre.

Quand le calme revint dans la Cabane des Têtes Coupées, le chef Quapakay était fort mécontent. Les prisonniers enfuis, la honte l'accablait. Et le coup de *tomahawk* n'était pas plus glorieux. En accordant à un ennemi une mort aussi douce, il contrevenait gravement à la coutume. Il fallait maintenant rattraper le fugitif et le faire doublement souffrir pour laver l'affront.

Les poursuivants ne rentrèrent que le lendemain soir. Sans le Huron. Tout ce temps passé à ratisser la forêt, à suivre de fausses pistes, à surveiller les passes. En vain. C'était comme si le prisonnier venait de s'échapper une seconde fois. Une nouvelle honte pour Quapakay.

Deux jours plus tard, le village retrouvait l'effervescence. On reprenait les préparatifs de fête. Le festin débuta au déclin du soleil. Sans les prisonniers cette fois. À la nuit noire on vint chercher Pierre Leblanc et le Huron restant pour les conduire directement sur l'échafaud où Quapakay les accueillit :

— Mes neveux, sachez que les Onondagas viennent de subir une terrible offense. Quoi de plus juste que des prisonniers offrent à leurs ennemis le spectacle de leur souffrance ? Seul, il peut récompenser nos jeunes gens des misères endurées à la guerre. Puisque vos frères ont refusé cet honneur, c'est sur vous qu'il repose à présent. Nous choisirons vos tourments de sorte qu'il vous reste encore un peu de vie quand le soleil apparaîtra, afin qu'il sache avec quel soin nous vous avons traités.

Puis le chef s'effaça devant ses guerriers bariolés qui plaquèrent les condamnés aux poteaux, leur liant seulement les poignets en arrière, de sorte qu'ils puissent « danser » tout autour. Commença alors un jeu consistant à appliquer une torche ou un tison sur les jambes des malheureux qui s'agitaient pour les éviter. En bas de l'échafaud, l'assemblée s'amusait fort de cette gigue barbare et reprenait en se moquant les cris de Pierre Leblanc. Le Huron, lui, restait muet, ne remuant que pour agrémenter le spectacle. Son ultime fierté.

Il manquait au Français l'entraînement à souffrir et le besoin de braver. Pourtant, l'idée de sa mort proche lui rendait la douleur moins cruelle. Ses pensées regardaient en arrière : sa famille, ses amis, sa Saintonge. L'absurdité d'un destin qui l'avait soustrait à la vie de paysan français pour lui offrir une fin héroïque aux Amériques.

Soucieux d'honorer un triste savoir-faire, les Iroquois respectaient une savante progression dans le déroulement du supplice. Les cris de Leblanc allaient grandissant et l'assistance s'en réjouissait tant qu'elle commença à envahir l'estrade pour participer plus activement. En tête se trouvait la femme qui avait déjà amputé le Huron d'une oreille. Avec force gesticulations, elle s'époumonait pour couvrir le tumulte. Ses braillements coupés d'un flot de paroles criardes s'achevaient en lamentations déchirantes. Au point même qu'elles finirent par freiner l'ardeur des bourreaux et décider Quapakay à grimper à leurs côtés.

Le silence alors s'installa, rempli tout entier par la voix de l'Iroquoise, soudain très douce, à peine troublée par les gémissements du Français. La femme ne s'adressait plus qu'à Quapakay impassible, le regard fixé sur la nuit. Il répondit à sa supplique par un long discours à l'intention de la foule et par une question, une seule, posée aux Sages du Conseil. Un même hochement de tête fut la réponse et alors Quapakay fit un geste, des guerriers se précipitèrent sur Leblanc, défirent ses liens et, avec d'infinies précautions, le transportèrent dans une cabane où les précéda la vieille Iroquoise.

C'en était fini pour lui du poteau de torture, il venait d'être adopté.

Pour compenser la perte d'un mari et de deux fils tués à la guerre, les Sages avaient accordé ce prisonnier à Meewama. Pour qu'il lui procure les nécessités de la vie. Pour lui épargner la mendicité.

Mais le Français n'en savait rien. S'il appréciait les vertus lénifiantes du baume de sapin, il redoutait que ce répit ne préfigure encore un traitement inhumain. La fête avait repris là-bas, il entendait les gens se moquer du Huron. Chaque clameur lui faisait mal comme un tison. Pourtant, les boissons finirent par le plonger dans un sommeil incertain, toujours à la merci d'un réveil en sursaut, peuplé de cris barbares et de torches enflammées.

Le lendemain, le village était redevenu calme. La coutume iroquoise avait fait son oeuvre. Les esprits embrouillés par la fièvre, Pierre Leblanc ne réalisait pas qu'il appartenait désormais à la tribu des Onondagas. Pas comme esclave, non, comme un véritable Onondaga. Cependant, en privant l'assistance du spectacle de sa mort, Quapakay avait aussi chargé la vieille femme d'une tâche essentielle : le remettre au plus vite sur pied. Pour qu'il devienne l'égal des plus fins chasseurs et des meilleurs guerriers. Ainsi l'ordonnait la loi indienne mais, au-delà, Meewama souhaitait aussi que dans son coeur meurtri, le chagrin et la haine fassent place à l'amour pour ce fils inespéré qui lui devait la vie.

Chapitre 7

Mahigan, fils de Meewama

La fête d'adoption fut grandiose. On attendit deux semaines pour la préparer, le temps que les médecines de Meewama effacent les traces de brûlures.

Un festin fut organisé dans la cabane du Conseil et, en retrouvant ce rassemblement de notables et de guerriers, Pierre Leblanc crut une autre fois qu'on ne l'avait soigné que pour mieux le faire souffrir. Il fut placé entre les deux chefs Sagodagehté et Quapakay, tandis que les Anciens chantaient à tour de rôle l'histoire des Onondagas.

Bientôt Sagodagehté se leva et prit la parole.

— Maître de la vie, vois-nous d'un oeil favorable. Nous recevons aujourd'hui un frère parmi nous, fais que nous ne nous soyons pas trompés sur son compte. Rends-le digne de notre Terre, donne de la vigueur à son bras, montre-lui la voie du courage afin qu'il participe à la grandeur de la nation iroquoise. À nous qui sommes prêts à l'aimer comme un frère, accorde qu'il nous retourne le même sentiment et que chacun ici puisse parler de lui sans honte.

Pour que l'intéressé comprenne ces paroles importantes, on avait admis dans cette assemblée masculine une fillette de douze ans, une Huronne gardée comme esclave. Originaire d'une tribu visitée par les jésuites, l'enfant connaissait assez bien le français pour faire la traduction, et ce n'est qu'à travers cette petite voix que Leblanc retrouva la confiance.

Alors, le chef de guerre Quapakay alluma le grand calumet. Il en tira les premières bouffées avant de le présenter au Français, puis à Sagodagehté et à chacun des Anciens. Lorsque l'immense pipe eut fait le tour de l'assistance, le Sage le plus âgé s'avança d'un pas cassé pour

venir placer solennellement sur les épaules
de Pierre Leblanc un long et large collier
de coquillages.

— Voici le *Garihwa* des Onondagas, dit
Sagodagehté. Ce n'est pas une vulgaire
parure, c'est la mémoire de notre peuple.
Ces grains de nacre ont bravé le temps
pour nous apprendre notre histoire. Ils te
l'apprendront à toi aussi, puisque avant ce
soir tu seras devenu un Onondaga. Nous
t'enseignerons jour après jour comment
honorer le *Garihwa* et rien ne pourra désormais t'en détacher, hormis la trahison que
tu nous ferais en t'enfuyant. Dans ce cas,
nos guerriers ne reparaîtraient pas au
village avant de t'avoir rattrapé, et tu
serais brûlé comme nos pires ennemis.
Mais j'espère que tu n'envisages pas de
nous mettre dans un tel embarras !

— Non... non... je resterai parmi vous,
bredouilla Leblanc, à peine la petite
Huronne eut-elle traduit les derniers mots.

— Voilà qui va bien, mon fils. Voilà qui
va bien.

Le festin fut à la hauteur de l'événement : lièvre, perdrix, porc-épic, queue de
castor, achigan, truite, maïs, courges,
fèves... Sagodagehté choisissait avec une

application calculée le morceau et son des-
tinataire, puis annonçait bruyamment l'un
et l'autre, en attribuant les meilleures parties aux chasseurs, aux guerriers qu'il
voulait distinguer. Mais, pour chaque plat,
c'était toujours à Pierre Leblanc qu'il réservait le premier choix.

Les ripailles durèrent tout l'après-midi,
entrecoupées de chants, de danses et de
séances de calumet, jusqu'au moment très
attendu de l'*Athonront*. Ce sont les deux
chefs qui ouvrirent l'*Athonront*, debout au
centre de la hutte, chantant un refrain mo-
notone qu'ils accompagnaient d'inflexions
de la tête, des épaules ou des genoux. Les
invités les plus considérables leur succé-
dèrent, jusqu'à l'instant décisif où la
notoriété perdait son évidence pour laisser
à chacun des autres le soin d'évaluer lui-
même son propre rang dans la hiérarchie
du village. Entreprise ambiguë s'il en fut.
Discrètement les guerriers s'observaient,
puis un seul à la fois se levait, chantant sa
mélopée, dansant un peu en avant des
Anciens. Parfois le doute interrompait
l'*Athonront*. Les guerriers hésitaient. Alors
les Anciens désignaient eux-mêmes le suivant dans l'ordre du mérite.

Lorsque tous eurent dansé, Sagodagehté dit à Pierre Leblanc :

— Tu connais maintenant la place de chacun dans notre tribu. Tu devras, toi aussi, y prendre la tienne en te montrant fier et vaillant. Je t'engage déjà à danser un peu, afin que cet *Athonront* demeure gravé dans ta mémoire.

Le Français se leva donc pour esquisser maladroitement quelques pas auxquels tous répondirent par des «hé! hé!» d'approbation. Mais la fête n'était pas finie. Venait ensuite le passage dans la Hutte des Sueurs, où de l'eau jetée sur des pierres brûlantes produisait une vapeur suffocante des plus bénéfique, selon les Onondagas, pour le corps et l'esprit. L'immersion dans l'eau froide qui s'ensuivit paralysa Leblanc. On le conduisit ensuite dans la cabane de Quapakay.

— Toi, le Français, lui dit alors le chef de guerre, tu ne seras vraiment Iroquois que lorsque nous t'aurons donné un nom. Puisque Meewama veut faire de toi son fils, tu porteras le nom du plus jeune qu'elle a perdu à la guerre. Il s'appelait Mahigan. Comme lui, tu devras te montrer brave en l'honneur de ta nouvelle famille,

le clan du Loup. Afin que tous en forêt
sachent bien qui tu es, nous allons mar-
quer ta chair de l'image du loup. Son
esprit sera ton protecteur.

Pierre Leblanc fut étendu sur une natte
et, d'un bâton appointé imprégné d'un
liquide noirâtre, Quapakay dessina, au
beau milieu de sa poitrine, la tête simpli-
fiée d'un loup : un V pour la face, deux
autres V plus petits et renversés pour les
oreilles, deux courts traits horizontaux
pour les yeux, d'autres, verticaux pour les
dents... un rond pour la truffe. Quapakay
traça ensuite des marques semblables, très
réduites, sur chaque pommette. Pour le tatouage lui-même, il s'en remettait aux ex-
perts de la tribu.

Deux femmes exécutèrent cette opération délicate, piquant de point en point
avec une arête de carpe trempée dans une
solution de charbon de bois d'aulne mêlé
de vermillon. La douleur arrachait parfois
des cris à Leblanc mais, pour préserver sa
dignité, les guerriers tournaient nombreux
autour de la hutte, en chantant à tue-tête et
en agitant leurs *chessaquoy*[1].

---

[1] Coquille montée sur un manche et remplie de grains très secs.

Quelques jours plus tard, quand les compresses eurent résorbé l'enflure allumée par l'arête, un dessin net et violacé apparut. Pierre Leblanc n'existait plus. Il était devenu Mahigan. Il appartenait désormais au clan du Loup.

Une vie nouvelle commençait. Il ne redoutait plus ni revirement ni traîtrise. Les Onondagas le considéraient vraiment comme un frère. Tous au village lui manifestaient la meilleure attention et ses anciens bourreaux rivalisaient pour l'initier aux gestes de leur vie quotidienne. C'était à qui lui montrerait comment tirer à l'arc, comment manier l'aviron, harponner les saumons dans les chutes, fabriquer un hameçon avec un os de lièvre, suivre une piste, tendre un piège, faire du feu sans rien d'autre qu'une planchette et un bâton... en un mot comment apprivoiser ce pays que les Européens ne savaient que subir.

Bon élève, Mahigan découvrait chaque jour quelque nouveau secret de la vie en forêt, en même temps qu'il s'initiait à la vie iroquoise. Avec Meewama il habitait une petite hutte, minuscule en regard des *maisons longues* abritant plusieurs familles.

Le feu placé au centre ne s'éteignait jamais.
Du ragoût mijotait en permanence, signe
de la prospérité revenue. Pour Meewama,
la tradition était sauve : à elle d'entretenir
la hutte et de confectionner habits et
mocassins, à Mahigan d'apporter de quoi
faire marmite.

Tout à l'honneur de la vieille femme,
son « nouveau fils » ressemblait de plus en
plus à un Iroquois. Bronzé par le soleil
d'été, il luisait sous la graisse d'ours. Ses
cheveux arrangés en tresses demeuraient,
certes, assez clairs, mais la façon dont il les
piquait de plumes sombres atténuait la
différence. Le simple *brahier* qui lui servait
d'habit laissait voir son tatouage pectoral,
comme ses muscles puissants, tout à fait
comparables à ceux des meilleurs guerriers. Jusqu'à son visage, avec ses deux
têtes de loup sur les pommettes, qui ne le
trahissait plus vraiment.

Une décision du Conseil permit à la
petite Huronne d'échapper quelques
heures par jour à sa besogne pour lui
apprendre l'iroquois. Le Français qui res-
sentait beaucoup d'amitié pour cette enfant
appréciait grandement ses leçons. Avec la
possibilité de s'exprimer en onondaga, il

franchissait un nouveau pas, capital, vers ces gens qui ne lui ménageaient pas leur estime. Même si le souvenir de sa capture hantait encore sa mémoire, cette atmosphère bienveillante lui rendait la vie fort agréable.

Maintenant qu'il partageait presque toutes les activités des hommes, il se sentait le droit de profiter aussi de l'agrément des femmes. L'idée l'en picotait depuis longtemps, repoussée par la peur de commettre un impair, ou bien de susciter quelque jalousie. Mais l'oeil intéressé des jeunes filles, et leur sourire engageant, lorsqu'il rentrait avec sa pêche ou son gibier, finirent par le rendre audacieux. Un jour, il avisa une belle occupée à broyer du maïs en avant de sa hutte. Il commença par lui parler de son travail, puis la complimenta sur ses longs cheveux noirs serrés dans un fourreau de peau d'anguille, avant de lui déclarer son envie de mieux la connaître. L'effet fut immédiat : la fille lança une moquerie et se réfugia chez elle.

La même réaction en éloigna d'autres encore, si bien que Mahigan, frustré et surpris, finit par s'en ouvrir à un garçon de son âge dont il partageait régulièrement les expéditions de chasse.

— Ne pense pas en mal de nos jeunes filles, le rassura ce dernier, il n'y a rien dans leurs manières de ce que tu imagines dans ta tête. Si elles sont aussi promptes à t'éconduire, c'est que tu ne choisis pas le bon moment!

— C'est quand le bon moment?

— Dans la journée, poursuivit l'Iroquois en ignorant la question, aucune femme n'écoutera jamais tes paroles galantes. Elles veulent seulement t'entendre raconter tes aventures de chasse : comment tu as trompé le gibier, comment tu as évité le péril des rapides, comment tu as supporté la fatigue et la faim, et surmonté ta peur face au tonnerre qui ébranlait la forêt. Et connaître les mots sortis de ta bouche pour invoquer l'esprit de l'Ours. Et ceux murmurés au Loup pour implorer sa protection dans les moments de grand danger. Si tu rapportes tout cela à la fille de tes désirs, tu l'entendras te répondre joliment. Alors, cherche bien dans son regard les vraies intentions de son âme et, si la première fois tu hésites, parle-lui encore le lendemain, jusqu'à ce que son

oeil brille vraiment d'intérêt pour toi. Là
seulement, tu pourras lui présenter l'allumette sans risque le soir venu.

— Lui présenter l'allumette?

— N'as-tu pas remarqué, la nuit, dans
nos cabanes, des jeunes gens qui *courent
l'allumette*?

— ... Heu... Non... non, avoua Mahigan,
un peu gêné d'ignorer une pratique appa-
remment si fréquente.

— Il est vrai que tu habites chez
Meewama, dit l'Iroquois pour l'excuser,
c'est dans les grandes cabanes qu'on *court
l'allumette*. Ces huttes où vivent plusieurs
familles ne sont jamais fermées.
L'Onondaga n'ayant *ni tien ni mien*, il n'y a
pas lieu de craindre les voleurs. Le soir,
seuls les vieillards veillent un peu avant de
couvrir les feux, lorsque chacun s'est retiré
dans son alcôve. D'abord, il te faut savoir
où dort celle que tu convoites, car ne
compte pas sur nos vieillards pour te
renseigner, ils ont tous la malice de se
tromper exprès. Une fois informé, tu entres
dans la cabane revêtu d'une couverture, tu
allumes au foyer un morceau d'écorce
roulé serré comme un bâton, et tu pénètres
ainsi dans le compartiment de ta belle que

tu trouves allongée sur sa natte. Tu lui présentes le bâton enflammé en disant : je t'aime plus que la clarté du soleil, écoute que je te parle. Si elle s'enfonce un peu plus sous sa couverture, tu peux t'en aller. Si elle souffle et éteint ton allumette, tu peux alors te coucher auprès d'elle.

Le soir même, Mahigan s'essayait à *courir l'allumette,* et une fière Iroquoise qui s'était moquée quelques jours plus tôt s'empressait d'éteindre son bâton d'écorce.

Au fil des jours, le Français découvrait les mille subtilités de la vie indienne et parfois, en repensant à son existence chez Langlade, ou même en Saintonge, il doutait de s'être jamais appelé Pierre Leblanc.

Seule la guerre lui restait étrangère.

On en parlait pourtant beaucoup autour de lui. Régulièrement, des guerriers du village se joignaient à des groupes de passage partis combattre Hurons ou Français. À chaque fois, Mahigan s'efforçait de masquer le mal et l'inquiétude que cela lui causait. Quapakay l'avait bien prévenu : sa condition d'adopté le plaçait corps et âme au service de sa nouvelle et unique patrie.

Un jour ou l'autre, il lui faudrait remplir cette terrible obligation. De plus en plus il craignait de n'arriver à s'y soustraire. Comme il savait aussi ne pas pouvoir s'y soumettre.

Un soir qu'il regardait le soleil se coucher sur le lac, il demanda à la petite Huronne venue lui donner sa leçon :

— Sais-tu jusqu'où se rend la rivière qui se forme au déversoir ?

— Tu veux t'enfuir, j'en étais sûre !

— Non... non, c'est juste pour savoir...

— Les Français ne sont pas faits pour vivre avec les Indiens, c'est normal que tu penses à partir. Sois tranquille, je n'en parlerai à personne.

— Toi qui es esclave ici, tu n'as pas envie de retrouver ta famille ? Tu ne viendrais pas avec moi ?

— Je n'ai plus personne là-bas, ma famille a été massacrée. Je ne serai peut-être pas toujours esclave...

— Tu parles bien le français, tu pourrais vivre chez les ursulines, travailler à l'hospice de Québec...

— Je suis indienne, ma place est avec les Indiens, mais, coupa-t-elle, je ne te conseille pas de partir encore, tu ne

connais pas assez la forêt. Ils te rattrape-
ront et ils te brûleront.

— J'ai déjà fait de nombreuses chasses...

— Le chemin est trop long jusqu'à
Montréal, patiente encore un peu.

L'été tirait à sa fin. Les grosses chaleurs
cédaient sous des pluies serrées et fraîches.
Les vents d'ouest à nouveau réveillés
s'élançaient dans les ramures avec des
bruits perçants.

Dans le village aussi la vie changeait. Le
spectre de l'hiver se profilait. Le *chaman*
interprétait ses magies :

— L'automne passera comme un cerf
que la flèche ne peut atteindre, disait-il, et
l'hiver se jettera sur nous tel un ours
affamé au sortir de sa ouache[1].

Alors on prenait les devants. Après la
récolte du maïs, on amassait du bois,
empilé jusqu'au toit des cabanes. Les
femmes ravaudaient les tuniques à franges
doublées de peau de lièvre.

Pour les hommes arrivait le temps des
grandes chasses. Et celui de fabriquer des
armes neuves. On façonnait le rejet de
frêne qui ferait l'arc. On taillait le silex

---

[1] Tanière d'hibernation dont l'ours ne sort qu'au printemps.

pour la pointe des flèches. On ajustait les deux plumes d'empenne qui les rendraient plus meurtrières.

On peaufinait son *tomahawk*.

D'apparence rudimentaire, l'engin n'en demeurait pas moins de confection délicate. Tout était important dans le *tomahawk* : le manche d'orme légèrement courbé, la pierre, arrondie d'un côté, tranchante à l'opposé, les ligatures de peau d'anguille pour souder l'un à l'autre.

Mieux qu'aucun autre Indien, l'Iroquois faisait du *tomahawk* une arme redoutable. Celle du corps à corps. Qui assomme ou entaille. Qui détache à merveille le scalp si valorisant.

Seul le fusil le surpassait, mais les Onondagas n'en possédaient pas. Mahigan ne cessait de leur en vanter les mérites, comme pour les dissuader de lui apprendre le maniement du *tomahawk*. Comme pour justifier le peu d'habileté que l'instrument lui inspirait. Mais son adresse à l'arc ou au harpon ne plaidait guère pour une gaucherie si sélective; devant les guerriers il craignait qu'elle ne trahisse sa répugnance à devoir prendre un jour le sentier de la guerre.

Chapitre 8

Traquer l'ours

Tandis que l'automne s'installait dans la pluie et le vent, un matin on aurait dit l'été revenu. À nouveau le soleil rayonnait, presque tiède. La forêt se métamorphosait. Les feuilles se changeaient en fleurs rousses, jaunes ou rouges.

— C'est le cadeau que Tshishé Manitou nous fait toujours avant l'hiver, comme pour s'excuser des misères qu'il va nous imposer, expliqua Meewama.

Chez les Onondagas, c'était les chasseurs qui attendaient le plus impatiemment ce sursaut du beau temps. Quapakay en réunit une vingtaine dans sa hutte, et aussi Mahigan à qui il déclara :

— Tout comme nous, l'ours a profité de l'été pour bien manger. Il est maintenant si gras qu'il va s'aménager une cache pour y dormir jusqu'au printemps. Nous allons partir à sa recherche avant que la neige ne dissimule sa retraite, je voudrais que tu fasses partie de notre groupe.

— C'est un grand honneur pour moi.

— Tu dois apprendre les ruses des Onondagas pour déjouer un animal que nous respectons beaucoup car il est notre père.

— L'ours?

— Oui, Mukwah est notre père. Avant que l'homme n'apparaisse sur terre, il y régnait déjà en maître. À cette époque il ne portait pas de fourrure et se tenait tout droit. Ce n'est que plus tard, en créant l'Indien, que Tshishé Manitou s'aperçut qu'il ressemblait trop à l'ours. Alors il a couvert Mukwah de poils et l'a fait marcher sur ses quatre pattes, comme le renard et l'élan. Mais l'ours n'a jamais été pour autant un animal comme les autres. Il faut l'aide des Esprits avant de se lancer derrière Mukwah. Nous devons jeûner huit jours pour que nos rêves nous disent où mener notre chasse.

Le soir même, ils s'enfermaient tous dans une hutte construite exprès en dehors du village, et firent comme Quapakay avait dit : ils jeûnèrent, ils chantèrent, ils rêvèrent. Et parvinrent à grand-peine à s'entendre sur l'endroit de la chasse, tant ils avaient tous eu de révélations.

Quapakay nomma chef de l'expédition celui qui put le mieux raconter ses visions et, après un bain purificateur, vint le festin de circonstance. Pas le *festin à tout manger* des jours de fête, mais un simple repas de poissons et de fruits. En sa qualité d'hôte, Quapakay se retint d'y toucher, trop occupé à rappeler les chasses mémorables à jamais inscrites dans l'histoire de la tribu. Ainsi, sans avoir jamais traqué l'ours, Mahigan connaissait déjà les mille finesses qu'exigeait la capture d'un animal aussi exceptionnel.

Le départ n'eut lieu que trois jours plus tard. Six chiens accompagnaient les hommes, tout barbouillés de noir comme pour aller à la guerre. Tout encombrés d'arcs, de carquois, de lances, de haches et de *tomahawks*. Tout fiers de défiler devant la population rassemblée pour les encourager.

Avec Kawoso à leur tête, ils s'éloignèrent rapidement du village, avançant comme des loups, souples et infatigables. Les bruits de la forêt, les traces ou les odeurs ne semblaient pas les concerner, préoccupés seulement de parvenir sans délai où les appelaient leurs rêves.

Cela prit deux longues journées et, maintenant à pied d'oeuvre, les chasseurs n'avançaient plus que de front, la tête basse et l'oeil pointu, accrochés aux détails, une fougère cassée, une pierre déplacée, une souche éventrée, une écorce griffée, la mousse aplatie d'un rocher... De leur côté, les chiens furetaient, reniflaient, excités par des pistes qui n'appartenaient pas toutes à Mukwah.

— Mes rêves ne m'ont point abusé, finit par déclarer Kawoso. De nombreux ours habitent les parages. J'implore à nouveau leur Esprit afin que quelques-uns veuillent bien s'offrir à nous.

— Nous l'implorons tous avec toi.

La traque pouvait commencer. Le groupe choisit de cerner un espace jonché d'arbres couchés par les vents. La distance entre chaque homme permettait largement à un ours de s'enfuir, mais les chiens patrouillaient. À voir la science qu'ils y mettaient, Mahigan, qui les croyait juste capables de voler de la nourriture au village, comprenait encore plus mal qu'on les sacrifie à chaque grand festin.

Ces chiens-là, d'ailleurs, ressemblaient davantage à des coyotes, avec leur nez allongé et leurs oreilles en pointe. Et leur façon de hurler la nuit. S'ils vivaient dans la compagnie des hommes, ils n'en restaient pas moins distants, peu enclins aux familiarités, aussi Mahigan s'étonnait-il que l'un d'eux lui manifeste de l'attachement. C'était un chien à robe brune, en pleine maturité qui, dès la première halte, était venu s'allonger près de lui. Et qui n'avait même pas grogné sous les caresses. Et qui ne le quittait ni la journée pour chasser, ni la nuit pour dormir.

C'est lui qui débusqua le premier ours. Il le délogea de dessous un sapin et se lança à sa poursuite, ne réussissant qu'à lui mordre un jarret car, malgré son air balourd, en un instant l'animal se réfugia en haut d'un arbre. Aussitôt les chasseurs accoururent pour lui décocher flèche sur flèche.

L'ours, pourtant, ne tombait pas. Il grondait sous les traits qui s'enfonçaient dans sa chair mais, ainsi plaqué au tronc, il mettait hors d'atteinte son coeur et ses poumons. Alors les Iroquois décidèrent d'abattre l'arbre.

Au terme d'un long craquement, le sapin s'écrasa sur des petits bouleaux sans résistance. L'ours rebondit comme un gros ballon, roula dans les broussailles et, quelque peu étourdi, se retrouva sur pied pour accueillir les chasseurs. L'un d'eux tenta de lui plonger sa lance dans le flanc, mais le coup dévia, exacerbant la fureur de la bête qui s'élança sur ses assaillants.

Sa rapidité prit de court Mahigan, qui sans doute aurait reçu au visage un coup de patte mortel, si le chien à robe brune n'avait à cet instant bondi et détourné l'attaque. Les griffes acérées déchirèrent la tunique, entaillèrent la poitrine et laissèrent le Français pantois. Mais les Iroquois revenaient à l'assaut, avec les lances et les couteaux, bientôt rejoints par Mahigan rendu fou par le sang inondant sa poitrine et qui, d'un coup de hache au cou, étendit raide l'animal. Aveuglé par la sauvagerie du combat, il aurait frappé encore, mais ses compagnons le retinrent car, maintenant que l'ours avait succombé, il convenait de lui porter le plus grand respect.

Ils retirèrent précautionneusement leurs flèches, installèrent l'animal au pied d'un arbre, assis comme s'il se reposait. Quapakay alluma sa pipe, la planta entre les crocs de la bête puis demanda à Mahigan, qui l'avait à la fois débuché et tué, de souffler fort sur le fourneau afin que la fumée lui remplisse bien la gueule. Tous louèrent ses qualités de combattant en implorant l'Esprit des ours de ne point contrarier leurs traques à venir.

Un autre fut tué non loin de là, et un troisième encore, particulièrement difficile à déloger de dessous une souche. Quapakay décida d'arrêter la chasse, craignant, après cette dernière et laborieuse prise, d'abuser du bon vouloir de Mukwah.

Le lendemain ils reprenaient le chemin du village, transportant leur gibier avec des perches. La blessure de Mahigan, recouverte d'un cataplasme d'herbes, le dispensa du portage. Ils délaissèrent la piste de l'aller pour une plus facile, plus longue aussi, et le Français, qui voulait tant se repérer, ne sut pas vraiment où il s'était rendu.

L'arrivée fut discrète, en hommage aux animaux dont la mort ne réjouissait jamais personne. Si les retours de guerre, avec scalps et prisonniers, mettaient le village en délire, là, on appréciait en silence. Sans glorifier les chasseurs, sans montrer l'admiration qu'on leur portait, surtout lorsque l'un d'eux avait en travers du poitrail les marques de la bête. Un Ancien palpa d'un doigt expert les plaies de Mahigan et dit :

— Mukwah n'imprime sa griffe que dans la chair des plus forts, les faibles il les tue.

Un des ours fut aussitôt dépouillé et un festin organisé. Afin de mieux rendre grâce aux Esprits, il convenait de ne rien laisser perdre. La grandeur de l'hommage se mesurait à l'appétit de chacun, les plus gros mangeurs s'attirant des éloges, même si ensuite la graisse d'ours, très indigeste, les rendait horriblement malades.

Durant le repas, Quapakay raconta par le menu le combat de chaque ours, sans vanter les mérites d'aucun chasseur, mais en rapportant fidèlement ses gestes que chacun se devait d'apprécier à leur juste valeur. L'exploit de Mahigan le faisait un peu plus Iroquois. Surtout sa blessure. Chez les Onondagas, les blessures d'ours conféraient au chasseur un prestige que seul dépassait, pour le guerrier, la marque d'un scalpage.

Le chien si vaillant à détourner la patte y gagna une considération inhabituelle. On l'associa largement au festin et Quapakay, impressionné par l'attachement qu'il portait à Mahigan, consulta les Anciens avant de prendre une décision unique : le lui attribuer. Aucun des nombreux chiens du village n'avait de maître. Par ce geste original, le chef Quapakay entendait célébrer une alliance assez forte avec un animal qu'elle en avait sauvé la vie d'un homme.

Mahigan était enchanté. Depuis toujours il aimait les chiens; il n'oublierait jamais le geste de son nouveau compagnon. Il l'appela Mukwah, l'ours.

À présent ils ne se quittaient plus. Mukwah partageait lui aussi la hutte de Meewama qui, plus que quiconque au village, le respectait comme une émanation du Tshishé Manitou chargée de veiller sur son fils adoptif. L'animal était fin pisteur, aussi tenace derrière l'élan

que rusé et courageux face à l'ours. Très
vite il s'associa aux succès de son maître
que cette complicité magnifique hissa
bientôt au rang si convoité des meilleurs
chasseurs.

Lorsque tomba la première neige, un
monde particulier s'installa. Un monde de
blancheur, cotonneux, trompeur, glacial,
qui retenait les bêtes au creux des tanières
avec seulement des traces pour rappeler
que la forêt vivait toujours.

En ces lunes austères, c'était le castor
qui mobilisait les Indiens. Cette activité
toute récente ne datait que de l'arrivée des
Européens, qui pensaient inépuisable ici un
animal devenu rare chez eux. En échange
ils offraient des objets nouveaux, plus efficaces pour chasser ou cuisiner. Tellement
plus efficaces qu'ils en devenaient chaque
jour plus indispensables. La demande de
castors en augmentait d'autant, modifiant
ainsi profondément la vie de tout un
peuple. Un peuple de chasseurs qui, six
mois l'an, devaient se faire trappeurs.

Cela n'alla pas sans mal, car le castor
occupait une place importante dans la culture des Indiens. Son intelligence, son
courage, son habileté à faire d'un ruisseau

un étang les impressionnaient. Sans cesse ils le remerciaient d'ouvrir à leurs canots d'autres territoires. La capture de tant de castors pour satisfaire les Européens les plaçait au début dans un terrible embarras. Même si leur quête s'accompagnait de gestes conciliants et de paroles incantatoires. Même si, pour mériter le pardon, eux qui préféraient la chair des grands animaux se mirent à celle du castor. Même si, pour ne pas les exterminer, ils veillaient toujours à laisser dans les cabanes assez de bêtes pour reformer une famille. Malgré cela, subsistait la crainte que cet acharnement n'offusque l'esprit d'Amik et ne provoque sa vengeance.

Pour les Onondagas, l'hiver ne fut que trappage. Mahigan s'accommodait fort mal de cette activité. Les longues marches en raquettes, les interminables attentes à guetter l'assommoir bâti sur le passage des bêtes. Et puis, plus tard, quand la glace recouvrit bien les étangs, l'affût au bord des trous appâtés, ou encore la pose du filet... dans un froid paralysant. Et ensuite le transport au village, les prises entassées sur la *tabagane* pesant deux fois le poids d'un homme. Et dans la hutte, cette puanteur des peaux qui sèchent, et chaque jour le même menu de castor bouilli.

À la fin de la saison, ils rassemblèrent les prises. Sans tenir compte ni de la taille ni de la qualité, ils firent des ballots d'une quarantaine de peaux chacun. C'était la norme imposée par la dimension des canots et la difficulté des portages. Ces peaux seraient échangées à d'autres tribus mieux à même de les négocier aux Anglais ou aux Hollandais.

Un matin, Mahigan se trouvait face aux ballots regroupés, quand le *chaman* arriva dans son dos. Avec sa face austère, il n'attirait guère la sympathie mais, au-delà, les pouvoirs qu'on lui prêtait lui valaient toujours plus de crainte que d'admiration. Jamais encore les deux hommes ne s'étaient parlé.

— C'est toujours moins chaque année, dit le *chaman*.

— Ça veut dire que les castors disparaissent?

— Ça veut dire que les Européens en demandent beaucoup trop, ça signifie la guerre pour notre peuple.

— La guerre? fit Mahigan. Pourquoi la guerre?

— Parce que les Français avantagent les Hurons. Contre leurs castors, ils donnent des fusils. Nous qui n'avons toujours pas de fusils et de moins en moins de castors, nous devons exterminer les Hurons et chasser les Français avant qu'il ne soit trop tard.

— Les Anglais ne fournissent-ils pas des fusils aux Iroquois?

— Aux Iroquois vivant plus au sud, mais nous habitons trop loin pour y porter nos fourrures. Les Anglais ne viennent jamais à notre rencontre, ils préfèrent nous attendre à leurs comptoirs.

— Les Français vont au devant des Hurons, ils pourraient faire de même pour les Iroquois...

— Ils n'auraient de toute façon pas de fusils pour nous, dit le *chaman*. Leur grand capitaine de Québec le leur interdit tant que nous n'accepterons pas, comme les Hurons, d'écouter la parole des *robes noires*.

Après tout un hiver à pourchasser Amik, Mahigan ne soupçonnait pas l'innocent bâtisseur d'être à l'origine de la déchirure d'un peuple.

Chapitre 9

La fuite

Alors que le printemps finissait d'effacer les dernières traînées de neige, un parti d'Iroquois d'une tribu voisine arriva un soir au village. L'accueil fut triomphal car, outre les scalps qu'ils exhibaient au bout de leurs lances, ils ramenaient aussi deux prisonniers hurons et deux pleins canots de butin. Ils expliquèrent qu'en se rendant à Hochelaga ils avaient intercepté un convoi de cinq embarcations et que seule leur trop grande infériorité numérique avait empêché qu'ils se les approprient toutes. Mais l'exploit demeurait assez remarquable pour qu'une fête soit annoncée pour le lendemain. Meewama dit à

Mahigan combien elle espérait qu'il s'y distingue, et le chef de guerre Quapakay lui déclara :

— Mon fils, cette fête ne pouvait pas mieux tomber. Voici quatre saisons que tu vis parmi nous, tu aurais dû mourir et nous t'avons adopté. Nous avons fait de toi un grand chasseur, tu dois devenir aussi un grand guerrier. Demain soir, l'occasion te sera donnée de faire souffrir des ennemis. En te mesurant aux plus cruels d'entre nous, tu prouveras à tout le village que tu es vraiment un Onondaga.

Mahigan était au pied du mur. Sans excuse, sans dérobade possible. Avec la certitude qu'un refus le condamnerait lui aussi au poteau de torture.

C'est la petite Huronne qui vint à son secours. Sa condition d'esclave lui interdisait les fêtes et, ces jours-là, le travail l'accablait plus encore. Au risque d'être punie, elle s'esquiva pour venir murmurer, en français, à Mahigan :

— Si tu veux t'enfuir, c'est ce soir le bon moment. À la nuit, dès que la fête aura commencé, rends-toi au gros rocher près du lac. Je t'y rejoindrai. Fais bien attention !

Elle ne lui en dit pas davantage et Mahigan resta perplexe, tiraillé entre l'espoir, le doute et l'inquiétude.

Comme tous les hommes du village, sur la fin de l'après-midi, il entreprit de se peindre le visage. Le rouge était de mise, base de tous les motifs que chacun voulait originaux. Sauf lui, qui jouait sur son inexpérience pour emprunter des idées à ses compagnons afin de mieux passer inaperçu. Il chaussa des mocassins neufs puis rassembla dans un recoin de la hutte une tunique, son couteau de chasse, sa hache, du fil en nerf d'orignal, des hameçons en os, ainsi que sa couverture de castor. Et il se rendit à la fête.

La noirceur, déjà, écrasait la forêt. Deux grands feux venaient d'être avivés, qui jetaient leurs reflets jaunes jusqu'aux prisonniers liés aux poteaux. Autour s'activaient les danseurs, silhouettes chancelantes qui virevoltaient, sautaient, plongeaient, se ramassaient, se défaisaient, en rappelant tantôt l'homme, tantôt la bête. Rivalisant d'audace, chacun détaillait par le geste ses prouesses à la chasse ou à la guerre.

L'ambiance montait doucement. Trop doucement au goût de Mahigan. On en était encore à vanter les mérites de la nation iroquoise, à chanter sa suprématie sur les Hurons honnis. Quelques femmes commençaient juste à effleurer les condamnés d'une écorce enflammée, avec douceur, avec délicatesse, presque avec affection. Les haches rougissaient tranquillement. Le supplice devait progresser sans hâte, jusqu'à l'entrée en scène des guerriers, soucieux de montrer leur savoir-faire.

Les bras levés au ciel, Quapakay bientôt interrompit les danseurs pour déclarer :

— De valeureux guerriers ont risqué leur vie en capturant ces deux Hurons et, ce soir, nous allons célébrer leur force et leur courage. Les Onondagas vont montrer aux prisonniers comment ils traitent leurs ennemis. Que chacun imagine les plus douloureuses « caresses » pour se venger du mal que ces chiens font tous les jours à notre peuple. Que la fête soit belle et que le soleil, à son lever, puisse encore en contempler les éclats !

C'est dans l'agitation qui s'ensuivit, quand tous se ruèrent sur les feux pour se munir d'un tison, que Mahigan en profita pour s'éclipser. Il passa à la hutte prendre ses affaires et, son chien sur les talons, s'enfonça dans la forêt.

La petite Huronne l'attendait au gros rocher, un sac de peau à la main.

— Tiens, dit-elle, voilà quelques provisions, tu en auras besoin.

— Tu ne viens pas avec moi ?

— Non, je t'ai expliqué, je ne veux pas.

— ... Mais... tu m'as dit que seul je n'avais aucune chance !

— C'est vrai, mais ce soir tu en as quelques-unes... Dans les canots qu'ils ont pris, il y avait aussi des tonneaux d'eau-de-feu. Je les ai vus les transporter. Tout à l'heure, ils les boiront et ça les rendra fous. Après ils se battront, ils se tueront peut-être. Il leur faudra bien trois jours pour retrouver leurs esprits. Ça te laisse du temps.

Comme Mahigan hésitait, elle rajouta :

— De plus, c'est le moment où les fourrures descendent à Montréal, tu peux tomber sur des Français !

— Tu as raison, c'est le bon moment.

Alors elle expliqua le chemin, jalonné par les rivières, en indiquant les endroits où traverser.

— Comment as-tu appris tout ça ? s'étonna Mahigan.

— J'ai fait souvent ce parcours, pour rejoindre d'autres tribus.

Par deux fois elle répéta l'itinéraire, et Mahigan le lui récita pour s'assurer d'avoir bien compris.

— C'est ça, dit la fillette, tu ne te perdras pas... S'ils te rattrapaient quand même, ajouta-t-elle, dis que c'est en voyant tout le village fou d'alcool que tu t'es enfui. Ils ont toujours beaucoup de honte après ces moments-là.

Puis elle se détourna brusquement et repartit vers le village en disant :

— *Menwaubemaweze shahwandâh gooze*, que la chance t'accompagne.

Mahigan fixa un long moment l'obscurité. Il entendait les cris, là-bas, et la brise lui apportait l'odeur de la fumée. Dans sa tête se bousculaient mille paroles, mille pensées, mille images dures ou douces qui le retenaient immobile. Alors il respira un grand coup, ramassa ses affaires, donna une tape à Mukwah et tourna le dos à la tribu des Onondagas.

Une lune bien ronde se mirait dans le lac, dispensant une fade clarté suffisante pour voir son chemin. Mukwah marchait en avant tandis que son maître s'efforçait d'éviter le sable ou la boue qui retiendraient ses empreintes. Lorsqu'ils atteignirent la rivière au bout du lac, la clameur du village n'était plus qu'un murmure. Dans la forêt la nuit s'épaississait, alors ils se glissèrent sous un bouquet d'arbustes et s'endormirent.

Avec l'aurore, l'humidité de la rosée les réveilla. Mahigan partagea un peu de viande avec son chien puis il nettoya ses grimages et se remit en route.

Très vite la progression se compliqua. La rivière ne coulait plus dans un lit bien tracé mais s'étalait en marécages obligeant à de longs détours. Ce n'est qu'au fond d'une interminable plaine qu'elle retrouva des berges solides. À mesure elle prenait de la force, roulant bientôt des eaux tumultueuses qu'il allait falloir traverser. La petite Huronne l'avait dit. Constamment Mahigan se récitait l'itinéraire qu'elle lui avait tracé. Le chemin était long jusqu'à Montréal, et bien qu'il marchât d'un bon pas, il avait l'impression de ne pas avancer.

Un grondement confus annonça bientôt la proximité d'une cascade. Là plus qu'ailleurs il fallait se méfier, quand le fracas des eaux supplante les bruits de la forêt. Mahigan choisit de faire un crochet, de crainte de tomber sur des Iroquois en train de portager. Après une succession de paliers granitiques, la rivière brusquement élargie se mit à courir sur un lit de galets à peine profond de deux pieds. L'endroit où traverser.

Muni d'un bâton, Mahigan s'engagea dans l'eau glacée, sur ces pierres arrondies qu'un fin limon rendait très glissantes. Le fond se creusait à mesure et, vers le milieu, l'eau lui montait au ventre. La poussée du courant s'accentuait, implacable, insoutenable pour Mukwah, que son maître ne put retenir et qui disparut comme un bois mort dans les tourbillons.

Mahigan lui-même luttait pied à pied contre ces eaux qu'il avait sous-estimées. Engourdi de froid, il désespérait d'atteindre l'autre bord. Il s'inquiétait pour son chien. Il avait peur. Mais lentement le fond commença à remonter et enfin la berge fut là.

Aussitôt il courut rechercher Mukwah, qu'il retrouva au pied d'une cascade, rejeté sur le sable. L'animal semblait mal en point mais il respirait. Mahigan l'examina par tout le corps, lui caressant la tête, cherchant une lueur dans son regard, le secouant, le frictionnant, sans que le chien ne réagisse durant de longues minutes. Puis il finit par bouger, il se releva et s'ébroua. Alors son maître le serra dans ses bras et ils s'éloignèrent de ces eaux maudites.

L'objectif à présent était une autre rivière qu'ils aperçurent bientôt en travers d'une plaine soudain nue. Comme arrêtée par un mur invisible, la forêt s'effaçait devant les hautes herbes et les joncs. Un désert où rien ne pouvait échapper au premier Iroquois venant à passer en canot. Mahigan grimpa sur un des derniers arbres. Aussi loin qu'il put voir, il ne remarqua pas de présence humaine. Pas de fumée non plus. Alors il se risqua.

Sans ménagement pour Mukwah qui traînait la patte, il avançait le plus vite possible, coupant tout droit d'un coude à l'autre, courant quand le terrain le permettait, atteignant enfin les sapins tout au bout. Bien à l'abri sous les branches, il attendit alors que son chien récupère.

De plus en plus les Onondagas l'obsédaient. Que faisaient-ils ? Le poursuivaient-ils ? Se trouvaient-ils encore au village, assommés par leurs libations ?

N'allaient-ils pas surgir de quelque raccourci?

Jusqu'au soir il suivit la rivière, jusqu'à ce que la nuit le force à s'arrêter. Il s'endormit d'un sommeil incertain, à la merci du moindre bruit.

Au point du jour il repartit. À nouveau Mukwah marchait en tête, remis de sa mésaventure. Sans cesse des rapides les obligeaient non seulement à s'éloigner des berges, mais à effectuer aussi des reconnaissances. La petite Huronne avait bien prévenu : « Les risques de rencontre sont ici nombreux car cette rivière mène à une plus large qui coule vers Montréal. » Alors, lorsque Mukwah s'immobilisa, les oreilles pointées, Mahigan s'aplatit derrière un arbre. Il n'entendait rien d'autre que les gargouillis du courant; pourtant le chien gardait l'arrêt, un grognement sourd à la gorge, les babines retroussées sur les crocs.

« Peut-être une ourse et ses petits », pensa Mahigan.

Non, aucun ours, aucun animal, aucun mouvement, mais soudain là-bas, sur la rivière, comme des voix.

Mahigan tira son chien contre lui. Les battements de son coeur lui secouaient la poitrine. Il glissa un peu derrière le tronc, juste à temps pour apercevoir, à travers les branches, deux canots qui descendaient le courant. Et un troisième quelques longueurs en arrière. À la tenue des pagayeurs il reconnut des Indiens, mais étaient-ils hurons ou iroquois ? Ou onondagas ?

Il n'osait plus bouger. Il guetta l'eau longtemps, bien que Mukwah se soit calmé. Et ils continuèrent. Avec encore plus de prudence, encore plus d'anxiété car à nouveau il fallait traverser la rivière. En un endroit bien précis.

Mahigan l'atteignit en fin d'après-midi et envisagea d'attendre la nuit, et même un jour ou deux, le temps que les canots prennent de l'avance. Mais il risquait aussi de se retarder pour rien si ces Indiens ne le recherchaient pas. Que faire ?

S'en remettre à Mukwah. À pas comptés ils s'approchèrent du passage et se figèrent à l'abri des sapins. En contrebas, la rivière ne semblait pas particulièrement violente. De gros rochers bien alignés en travers canalisaient le courant et sans doute le renforçaient aussi. En été, aux eaux basses, la traversée devait certainement se faire sans difficulté, mais là, après la fonte des neiges... et avec les rapides en aval!

Sans quitter son chien des yeux, Mahigan réfléchissait. Çà et là, des troncs abandonnés par la débâcle jonchaient la berge et cela lui donna une idée. Mukwah ne manifestant plus d'inquiétude, ils descendirent jusqu'à l'eau. Mahigan choisit un tronc assez long, pas trop gros mais solide, qu'il ébrancha en laissant de quoi s'agripper. De sa corde il fit un harnais pour Mukwah puis il plaça son arbre entre les deux premiers rochers et s'engagea dans la rivière une main sur le bois, l'autre serrant la corde. Arrivé au rocher, il profita de l'appui pour faire glisser le tronc jusqu'au suivant. Au milieu l'eau lui venait à la poitrine, elle le plaquait à l'arbre qu'il serrait de toutes ses forces, Mukwah pressé contre lui. Le froid les paralysait. Ils atteignirent la rive en grelottant, coururent jusqu'aux sapins et se recroquevillèrent sous des branches basses en attendant que la vie leur revienne.

Ils auraient bien dormi là, mais il valait mieux s'éloigner du passage. Ils reprirent la marche, à bonne distance de la rivière qu'ils entendaient rugir maintenant.

Quand la noirceur les arrêta, Mahigan choisit un sous-bois sec, il partagea son dernier morceau de viande avec Mukwah et tous deux s'endormirent, serrés l'un contre l'autre pour se réchauffer.

Le réveil fut brutal. Avant même d'avoir ouvert un oeil, Mahigan se retrouvait immobilisé, plaqué au sol, tandis qu'on lui liait les bras et qu'on le bâillonnait avec une lanière.

L'obscurité l'empêchait d'identifier ses assaillants qui, sans bruit mais non sans violence, l'entraînèrent à travers les arbres. Bientôt ils débouchaient dans un espace dégagé le long duquel les premières lueurs de l'aube se miraient dans les eaux assagies de la rivière. Trois canots se dandinaient au bord et d'autres hommes s'avancèrent.

Un cercle se forma autour de Mahigan. On cherchait son visage dans le demi-jour. On se penchait sur ses tatouages.

— C'est bien un Iroquois, il était là pour nous espionner.

Muselé par le bâillon qui lui sciait la bouche, Mahigan tenta de protester, sans rien y gagner d'autre qu'une volée de coups.

— Ne restons pas là, partons avant que ces maudits Iroquois ne nous trouvent!

Mais comme ils s'apprêtaient à embarquer, un autre homme sortit à son tour du couvert.

— Vous êtes bien certains qu'il n'y en a qu'un? demanda-t-il.

— Oui. Il attendait notre départ pour courir prévenir les autres.

L'homme se rapprocha et à son tour examina le prisonnier.

— Tu n'es pas un vrai Sauvage, dis donc?

— Non, fit Mahigan de la tête, tandis que l'autre lui retirait son bâillon.

— Qui es-tu alors?

— Leblanc... Pierre Leblanc... les Iroquois m'ont pris voici un an.

— Moi, je suis Paul Dugay, heureux de te rencontrer.

Chapitre 10

« C'est la liberté que je préfère »

Leblanc serra très fort la main que Dugay lui tendait. Tout d'abord il ne l'avait pas reconnu, maintenant la surprise et l'émotion lui ôtaient les mots de la bouche. Une quinzaine d'hommes faisaient cercle autour d'eux.

— Ce sont mes Hurons, dit Dugay. Voici cinq jours, des Iroquois nous ont attaqués et nous craignons qu'ils recommencent.

— Dans quelle tribu étais-tu? demanda un Huron.

— Chez les Onondagas, au lac Kawata...

— As-tu vu des Hurons prisonniers récemment?

— Oui, deux. C'est la nuit de leur torture que je me suis enfui.

— Ça encore, Dugay, c'est de ta faute! lança l'Indien. Trois Hurons tués dans l'attaque et deux autres brûlés! On n'aurait pas dû te suivre!

— Calme-toi, Camitshish, j'en suis aussi peiné que vous tous...

— On te croit pas. Tu es plus peiné pour la perte de tes canots que pour celle de nos frères!

— On va te laisser là avec ce Français, renchérit un autre. Il a les Onondagas à ses trousses, on ne tient pas à se faire massacrer!

— Vous n'êtes donc bons qu'à fumer du tabac de femme avec des loups apprivoisés! lança Dugay. Vous avez promis au chef Shigak de transporter les fourrures à Lachine. Votre tribu entière vous reprochera de ne pas avoir tenu parole!

— C'est à toi, Dugay, qu'elle reprochera d'avoir changé de route et fait tuer cinq des nôtres. On n'emprunte jamais cette rivière, d'habitude.

— Votre route est aussi risquée, et elle prend plus de temps. Là au moins, dans trois jours on sera à Lachine.

— Ou bien prisonniers des Iroquois! Les jours gagnés n'ont pas d'importance quand...

L'homme, soudain, s'était tu. Un craquement dans le sous-bois venait de figer les Hurons. Les mains se crispaient sur les *tomahawks*, tandis que Dugay, faisant mine d'aller chercher son fusil, se glissait vers les canots en arrière. À nouveau, des bruits de pas confirmèrent une présence. Les Hurons se déployèrent en silence, sans quitter des yeux la masse sombre des arbres d'où viendrait le cri déclenchant l'assaut.

Mais c'est un chien qu'ils virent s'avancer. Pierre Leblanc se précipita à sa rencontre.

— C'est Mukwah, c'est mon chien, lança-t-il aux Hurons perplexes, il est brave, il m'a sauvé la vie...

Puis il expliqua brièvement comment Mukwah avait combattu l'ours. La tension retomba. Dugay en profita pour reprendre son équipe en mains.

— Allons, dit-il, nous avons perdu assez de temps, partons vite d'ici.

Mais les Hurons n'appréciaient guère cette rivière funeste. Ils questionnèrent encore Leblanc sur les activités des Iroquois et, assez peu rassurés, se répartirent dans les trois canots, des canots étroits, construits pour les cours d'eau capricieux, et si pleins de fourrures que la place y manquait pour les hommes. Et plus encore pour le chien qu'ils n'acceptèrent d'embarquer qu'à condition que Dugay s'engage, sitôt rendu à Lachine, à compenser la surcharge par son pesant de cadeaux.

Ce n'est qu'une fois installé avec Mukwah dans le canot de tête, quand le courant les eut absorbés, que Pierre Leblanc commença à croire au succès de son évasion. D'office, Dugay lui avait tendu un aviron qu'il n'avait pas pris sans ressentir une grande fierté.

— Aujourd'hui tu me fais confiance, mais ça n'a pas toujours été le cas...

— Que veux-tu dire, Leblanc ?

— Souviens-toi, à Lachine, voici presque deux ans, monsieur Blondeau t'avait demandé de m'engager et tu avais refusé...

— C'est loin, j'me souviens pas très bien.

— Monsieur Blondeau était l'associé de monsieur Ménard, qui t'avait confié des marchandises pour Michillimakinac !

— ...

— Tu reviens seulement maintenant ?

— C'était un long voyage.

— Vu les fourrures que tu rapportes, ça valait la peine, Ménard va être content !

— Détrompe-toi, Leblanc, ces fourrures-là sont à moi, coupa Dugay, d'un ton qui n'appelait pas davantage de précisions.

Le silence retomba dans l'embarcation. Les avirons plongeaient dans l'eau au rythme imposé par Dugay, rapide, mais point difficile à Leblanc, pourvu maintenant d'un savoir-faire à toute épreuve.

— Dis-nous comment les Iroquois t'ont pris, lui demanda soudain Dugay, bien moins par curiosité que pour ne plus parler de ses fourrures.

Leblanc ne répondit pas tout de suite ; sa capture lui semblait tellement loin, presque effacée par cette année chez les Onondagas.

— Les Iroquois m'ont pris comme ils prennent tout Français. La différence, c'est qu'ils m'ont adopté !

— Ils ont quand même bien dû te bastonner un peu, t'arracher quelques ongles et même te chatouiller avec le feu...

— C'est vrai, mais ma pire cicatrice, c'est à un ours que je la dois, dit-il en découvrant sa poitrine.

Tous dans le canot voulurent la voir. Le Huron le plus proche la toucha même d'un doigt respectueux et demanda, presque implorant :

— Raconte-nous ta chasse à l'ours.

Alors Leblanc raconta. Longuement, patiemment. Sans omettre aucun de ces petits détails si précieux aux Indiens. Puis il parla des Onondagas. De leurs pêches, de leurs chasses, de leur vie de tous les jours, mais cela n'intéressait pas les Hurons. La seule chose qu'ils voulaient maintenant savoir, c'était comment leurs frères captifs, pas seulement les deux derniers mais tous les autres aussi, avaient supporté la torture. Et le Français dut les abreuver des morbides détails qu'il cherchait tant à oublier. L'incroyable évasion de la Maison des Têtes Coupées nécessita trois récits successifs, chaque fois enrichis d'éléments nouveaux à redire aux Hurons des canots d'en arrière. La fierté qu'ils en ressentaient tous ne les empêchait pas pour autant de surveiller les rives. Parfois Dugay levait son aviron pour imposer le silence. On se laissait alors glisser sans bouger, et Pierre Leblanc observait son chien, le plus capable à ses yeux de détecter une présence iroquoise.

À chaque rapide, Dugay évaluait la difficulté en fonction du niveau de l'eau. La perte de deux canots lui interdisait la moindre audace, mais cette priorité qu'il accordait aux pelleteries ne plaisait guère aux Hurons. Débarquer en haut d'un rapide qu'ils jugeaient franchissable, portager en s'exposant aux embuscades, les rebutait de plus en plus. Alors on envoyait des éclaireurs, on patrouillait le long de la rivière avec Mukwah avant de s'engager, les paquets sur le dos. Par huit fois, jusqu'au soir, il fallut faire ainsi. De l'avis des Hurons, seulement trois portages s'imposaient vraiment, mais seul comptait d'arriver sain et sauf. L'endroit du bivouac fut choisi avec soin par les Hurons eux-mêmes qui, délaissant le chemin logique, remontèrent un petit affluent pour s'arrêter en bordure d'un étang à castors. Sans faire de feu, sans même allumer leurs pipes, ils mangèrent un restant de *sagamité*[1], vérifièrent l'écorce des canots et disparurent sous les arbres, enroulés dans leurs couvertures.

Seuls Dugay et Leblanc s'attardèrent à causer. Dugay évaluant le chemin jusqu'à Montréal, les dangers à éviter encore... Leblanc savourant sa liberté, anticipant la vie nouvelle qui l'attendait.

— Je ne retourne pas travailler aux champs, dit-il, comme pour lui seul. À présent que je connais les Indiens, je veux être *voyageur* et faire la traite.

— C'est pas aussi facile, l'ami! Ça aide de parler la langue des Sauvages, mais obtenir leurs castors, c'est autre chose! Il faut savoir lier les bonnes connaissances, flatter les plus considérables sans déplaire aux autres... et aussi gagner la confiance des marchands, ruser avec les lois... et surtout bien connaître les chemins d'eau. C'est long, très long...

— Je n'en doute pas et rien de cela ne m'inquiète. En une année chez les Iroquois j'en ai plus appris sur le pays qu'un colon de Montréal n'en saura jamais!

---

[1] Maïs broyé et bouilli additionné de viande ou de poisson.

— C'est pas en une année, même chez les Iroquois, qu'on peut connaître ce pays. Une vie de *voyageur* n'y suffirait pas, et même peut-être une vie d'Iroquois.

— Je ne demande qu'à apprendre. Engage-moi à ton prochain départ !

— Je ne pense pas déjà à repartir. Je dois m'occuper de mes affaires...

— Pour tes fourrures, je peux en parler à monsieur Blondeau.

— Non, Leblanc ! Non ! cria presque Dugay. Écoute-moi bien : il est une chose essentielle dans la course aux fourrures, c'est la discrétion. Tu t'es trouvé sur ma route, je te ramène. Bien ! En échange je te demande de ne parler à personne de mes fourrures. Tu entends bien, personne ! Tu considères qu'elles sont aux Hurons et tu oublies tout le reste ! Tu oublies même que j'étais du voyage !

Dugay s'était brusquement levé pour aller dormir plus loin, plantant là Pierre Leblanc avec son chien et ses interrogations. Une surtout, comment se faisait-il qu'après être parti avec des *voyageurs* — il l'avait vu —, Dugay revenait avec des Hurons ? Et à contretemps, juste après les départs du printemps ?

Le lendemain ils levèrent le camp à l'aube, comme d'habitude, mais plus prudemment encore, car une brume épaisse dissimulait les rives. Avantage et inconvénient à la fois. Si près de la colonie, les Iroquois rôdaient et les Hurons n'approchaient jamais de Montréal sans appréhension. La journée se passa pourtant sans encombre et, peu avant la brunante, les trois embarcations débouchaient dans la rivière des Outaouas.

— Plus qu'un jour de route, Leblanc, demain tu dormiras dans un lit!

— Ça doit te faire plaisir aussi de rentrer?

— Ça dépend, on a souvent moins de problèmes en forêt...

Les Hurons, eux, n'aspiraient qu'à repartir au plus vite. Ne fût la promesse faite à leur chef, ils auraient bien abandonné Dugay et ses pelleteries. Toute la nuit ils montèrent la garde et, au jour, leur attention grandit encore. Une discussion éclata lorsqu'au milieu de l'après-midi, Dugay fit signe de regagner la rive. Rien ne l'obligeait à accoster, sinon la tradition voulant qu'à leur retour, les *voyageurs* revêtent leurs meilleurs habits pour entrer dans la colonie. Les Hurons se moquaient bien d'une coutume qui, dans le cas présent, leur paraissait très dangereuse. Ils attendirent au large, laissant aborder seul le canot de Dugay. Rapidement ce dernier se lava, se changea, ajusta sa ceinture fléchée, lissa les plumes de son chapeau et, au moment de réembarquer, considéra Pierre Leblanc :

— Sûr qu'on va te prendre pour un Sauvage...

— J'en ai pas honte, fit l'autre, tout fier de la tunique cousue par Meewama.

— Surtout, n'oublie pas, Leblanc, tu ne m'as pas vu, et si on te parle des fourrures, elles appartiennent aux Hurons. Rien qu'aux Hurons !

Et bientôt ce fut Lachine, avec ses entrepôts le long du quai de planches. L'endroit qui grouillait d'activité dans le temps des départs semblait assoupi en attendant le retour des brigades. Le soleil déclinait lorsque la bande à Dugay accosta, Hurons en avant, ce qui n'incita guère les quelques personnes attardées là à venir voir qui rentrait déjà.

Dugay n'en espérait pas plus. Il avait fait la leçon à Leblanc : sitôt à terre, ce dernier courut vers deux hommes qui rangeaient des tonneaux.

— Je suis Pierre Leblanc! Les Iroquois m'ont pris chez Langlade l'année passée! Je me suis échappé!

Incrédules et méfiants, les portefaix détaillaient son visage, ses tatouages, sa coiffure, ses habits indiens...

— J'ai l'air d'un Iroquois mais je suis bien français! Ces Hurons m'ont ramené! dit-il en désignant les canots.

— Un Sauvage est arrivé un jour en annonçant que Leblanc était mort, finit par répondre un des hommes, mais si tu es Pierre Leblanc, eh bien allons fêter ça à l'auberge!

La nouvelle, dès lors, se répandit très vite. Réchapper des Iroquois tenait du miracle et, en une heure ou deux, plus personne à Montréal n'ignorait la résurrection du jeune Leblanc. Toute l'attention de la colonie s'était brusquement concentrée à l'Auberge de France.

Pendant ce temps, Dugay déchargeait ses fourrures. En quittant les Hurons, il leur laissa de la nourriture, un fusil et un baril de rhum, selon l'accord conclu avec Shigak. Il rajouta même un second baril pour payer le passage du chien. Comme les Hurons ne tenaient pas à s'attarder à

Montréal, ils profitèrent d'un restant de clarté pour reprendre la route à l'envers. Paul Dugay était comblé, il n'avait osé imaginer de retour plus discret.

À l'Auberge de France arriva bientôt Jean-Baptiste Langlade, le plus ému sans doute de retrouver Leblanc qui, passablement désorienté, accepta son hospitalité.

— Tu sais, lui dit Langlade sur le chemin de la ferme, quand j'ai appris ta mort, j'ai dû engager quelqu'un d'autre... Fallait bien, avec tout ce travail! Mais il reste assez d'ouvrage pour toi, et puis, il va s'en aller à l'automne, tu pourras reprendre ta place!

Comme Leblanc ne réagissait pas, Langlade enchaîna :

— Un sacré bougre, ce Turcotte, travailleur mais bizarre... mes filles ne l'aiment guère... tandis que toi, Leblanc... La Catherine m'a même dit qu'elle ne serait pas contre de t'épouser... Tu vas voir, elle est devenue femme à présent...

Pierre Leblanc le regarda, interloqué, comme effrayé soudain.

— Ne me dis pas que tu préfères les Sauvagesses ? plaisanta Langlade.

— Non, monsieur Langlade, répondit
Leblanc d'un air grave, c'est la liberté que
je préfère.

Chapitre 11

Voyageur, *enfin*

Pierre Leblanc était devenu un héros. On l'admirait. On le félicitait. On voulait, de sa bouche, entendre son histoire. On savait qu'un ours l'avait terriblement marqué et, pour un peu, on lui aurait demandé d'enlever sa chemise. On le plaignait aussi, les femmes surtout, pour les tatouages à jamais inscrits sur son visage.

Mais lui en était plutôt fier, et cela étonnait beaucoup. Tout comme sa façon de juger les Iroquois. Alors que tous voulaient l'entendre crier sa haine pour ces barbares, voilà qu'il disait avoir souffert, bien sûr, au début, mais qu'une fois adopté, rien ne fut ménagé pour lui rendre la vie agréable. Très agréable même. Plus agréable qu'elle ne le serait sans doute jamais dans la colonie. Des paroles qui provoquaient l'incrédulité et l'indignation. Au point que bien des colons en vinrent à penser que cette année de captivité lui avait dérangé le cerveau.

Les jésuites criaient au blasphème : comment un chrétien pouvait-il faire l'apologie de tels païens ? Pierre Leblanc était-il devenu semblable aux coureurs de bois qui mènent au loin leur vie dissolue, dominée par les Indiennes et l'eau-de-feu ? Sous prétexte de le remettre dans le droit chemin, ils voulurent le confesser au plus tôt, mais Leblanc refusa, disant s'être déjà confessé au curé de Notre-Dame des Neiges. Les jésuites n'insistèrent pas car ils avaient bien plus à lui demander.

Cela se fit sournoisement, sous la forme d'une aide qu'ils tenaient à lui prodiguer, à lui, Pierre Leblanc, qu'ils jugeaient trop intelligent pour consacrer son temps à la terre. Ils lui proposèrent de l'héberger, de le nourrir et de l'habiller tout en lui dispensant une instruction digne de sa personnalité. Là encore, Leblanc refusa. Il se réfugia dans la promesse faite à Langlade, de l'épauler dans ses travaux d'été. Et, de fait, l'ouvrage ne manquait pas, entre les champs, les bois ou la maison, sans oublier les chemins et les clôtures.

Mais les jésuites ne désarmaient pas. Ils revinrent à la charge quelques semaines plus tard, avec, cette fois, une demande plus précise : ils voulaient que Leblanc soit leur guide et interprète dans une expédition comprenant aussi deux charpentiers et devant aboutir à l'érection d'une chapelle en pays iroquois.

— Mais, mon père, plaida Leblanc, je viens tout juste de m'enfuir, comment pourrais-je revenir déjà chez les Iroquois? Les premiers qui vont nous prendre me ramèneront chez les Onondagas et là, Sagodagehté m'a bien prévenu, je serai brûlé!

— Vous craignez donc tant de souffrir, mon fils? Oseriez-vous penser qu'il existe plus grand honneur que de donner sa vie pour le Christ?

— Non! Non, mon père, je ne pense rien de cela, mais... je serais peut-être plus utile au Christ... vivant!

— Réfléchissez bien, le Seigneur n'apprécie pas qu'on se dérobe ainsi.

Il dispose de nous tous ici-bas, ne l'oubliez pas !

Non, Pierre Leblanc ne l'oubliait pas. Il n'entendait même plus que cette dernière phrase qui le tourmentait nuit et jour. Il redoutait maintenant ce fameux « pouvoir des jésuites » qui, à ce qu'on disait, ne tenait pas toujours aux méthodes les plus chrétiennes.

Mais c'était sans compter avec les militaires.

Eux aussi voulaient profiter de son expérience iroquoise et ils l'enjoignirent de se rendre à Québec au plus tôt. Leblanc confia son chien aux Langlade et partit le lendemain, en profitant de la barque d'un fonctionnaire.

Un jeune lieutenant l'attendait, monsieur de Lespinasse, fraîchement débarqué de France et aussitôt chargé d'une expédition contre les Iroquois. Trop d'escarmouches perturbaient déjà les moissons et compromettaient la venue des Hurons et de leurs fourrures à la foire de Montréal. Il fallait donner un coup d'arrêt à ces harcèlements, sous peine de laisser la colonie s'asphyxier.

Pressé d'agir, le lieutenant voulait surtout savoir de quels moyens disposait l'ennemi.

— La ruse et la maîtrise du terrain, répondit sans hésiter Leblanc.

L'autre eut une mimique agacée puis précisa d'un ton sec :

— Je veux dire, de quels équipements, de quelles armes ?

— Ceux chez qui j'ai vécu n'avaient pas encore de fusils, mais ils pouvaient tuer d'une flèche un canard en plein vol et fendre le crâne d'un ours d'un coup de *tomahawk* !

— C'est sans comparaison avec le feu de nos mousquets, se rengorgea le lieutenant. Certains doivent bien avoir des armes à feu, savez-vous lesquelles et de qui ils les tiennent ?

— ... Sans doute des fusils français récupérés dans les attaques de canots, et des armes anglaises obtenues des Hollandais qui commercent avec eux.

— Leurs villages ont-ils des fortifications ?

— Seulement les plus gros mais, même sans fortifications, il ne faut pas espérer les surprendre, ils savent toujours très à l'avance si quelqu'un s'approche de chez eux.

Et Leblanc de faire l'éloge de leur sens de l'observation, de leur connaissance de la forêt, de leur facilité à s'orienter à travers lacs et rivières...

— C'est bon, c'est bon, coupa le lieutenant, j'en sais suffisamment pour rendre compte au gouverneur. Nous allons leur couper l'envie de s'approcher de Montréal, à ces barbares !

Avant de lui donner congé, le lieutenant précisa à Pierre Leblanc qu'il se réservait de le convoquer à nouveau si la mise sur pied de son expédition l'imposait. Et Leblanc vit dans cette exigence un excellent argument pour refuser de suivre les jésuites. Mais il appréhendait tout autant de devoir accompagner les militaires. C'est avec les coureurs de bois qu'il voulait repartir. Puisqu'il était à Québec, il alla rendre visite au marchand Blondeau.

Lui non plus ne s'attendait pas à le revoir. Il écouta avec intérêt le récit de son aventure, qu'à force de répéter Leblanc savait faire court, en gardant pour lui les détails. Pas plus qu'aux autres il ne parla de Dugay à Jules Blondeau, disant avoir été ramené par des Hurons aussitôt repartis.

Et puis, il lui confia son envie de se lancer lui aussi dans la traite des fourrures.

Fort de ses nouvelles connaissances, il lui proposa même de prendre en charge ses prochains canots. Et, devant la réticence de Blondeau, il rappela le drame de la foire de Montréal où des Hurons avaient massacré cinq colons parce qu'un criminel leur avait donné trop de rhum. Il laissa aussi entendre qu'il connaissait ce criminel... Puis, comme s'il n'avait rien dit, il quitta le marchand, déjà perdu dans ses réflexions et ses inquiétudes.

Pierre Leblanc aurait pu repartir à Montréal, mais il s'attarda à Québec : il voulait rencontrer Paul Dugay. Il visita toutes les auberges, toutes les tavernes, posa discrètement des questions. Personne n'avait vu Dugay depuis longtemps. Tout le monde, par contre, parlait d'une histoire de pelleteries survenue vers Michillimakinac, où des coureurs de bois français se seraient alliés aux Sauvages pour piller des traiteurs anglais. L'affaire était assez grave pour que les Anglais demandent à la Nouvelle France un dédommagement de cinq mille livres. Certes, les preuves manquaient, on en saurait davantage au retour des canots dans l'été, mais néanmoins, le gouverneur menait

déjà enquête. Il recherchait le témoignage
de personnes s'étant récemment rendues
à Michillimakinac. Les Anglais condui-
saient régulièrement leurs bateaux dans la
baie d'Hudson, pour remonter ensuite les
rivières en canot et venir installer des
comptoirs sur le passage des Indiens. Bien
que le commerce apparaisse comme leur
raison première, l'idée de créer des ten-
sions entre Hurons et Français n'était
jamais absente de ces manoeuvres et monsieur de Frontenac se devait d'agir
prudemment. Tout en lançant son avis
d'information, il rappela aussi son ordonnance : tout *habitant* abandonnant sa terre
pour courir la forêt, tout trafiquant de boisson, tout *voyageur* sans congé, risquait la
privation de chasse, l'amende ou la saisie,
le fouet ou la prison, et même les galères.

De quoi inquiéter Pierre Leblanc mais,
dans l'instant, c'était l'histoire des Anglais
qui l'intriguait. L'extrême discrétion
de Dugay, l'autre jour à Lachine, ne lui
semblait pas y être étrangère. Comme
pour le mauvais geste du marchand
Blondeau, personne d'autre que lui-même
ne devait non plus savoir que Dugay était
revenu avec une appréciable quantité de

fourrures. Et Leblanc, qui rêvait tant
d'aller courir les rivières, sentait que ces
deux secrets d'importance valaient sûre-
ment une place dans un canot.

Si Paul Dugay restait introuvable à
Québec, il devait être aux Trois-Rivières,
où les coureurs de bois se tenaient le plus
souvent entre deux voyages. Là aussi,
Leblanc raconta son aventure, il parla, il
questionna. En vain les premiers jours,
jusqu'à ce qu'un soir, au sortir d'une auberge, un homme l'aborde et, non sans
précautions, le conduise à Paul Dugay.

— Il paraît que tu me cherches,
Leblanc?

— Oui, j'ai une proposition à te faire.

— Ha!

— C'est sérieux!

— Je t'écoute.

— Je peux avoir des marchandises...
Trouve des hommes pour les canots et je
pars avec toi.

— Elles viennent d'où, tes marchandises?

— J'peux pas te dire pour l'instant,
mais, crois-moi, je les aurai.

— Combien de *canotées*?

— C'est à débattre, on n'en est pas
encore là...

— C'est bien beau tout ça, Leblanc, mais j'peux pas organiser un voyage avec si peu d'éléments...

— Tu devrais pourtant y songer sérieusement, l'affaire des Anglais fait grand bruit à Québec et le gouverneur cherche par...

— J'ai rien à voir avec les Anglais, coupa Dugay. Si tu viens ici pour...

— Sois sans crainte, je ne dirai rien mais, entre nous, j'en suis pas si sûr.

— Soit, et après ? C'est bien fait pour les Anglais, ils n'ont qu'à pas convoiter nos pelleteries !

— Je suis d'accord avec toi, Dugay, mais je persiste à penser qu'il vaudrait mieux que tu sois loin. Et moi aussi. Les jésuites me harcèlent. Il faut que je parte.

— Je vais y réfléchir.

Mais Paul Dugay n'était pas homme à hésiter longtemps. Quelques jours plus tard, le temps de rassembler une brigade, il disait oui à Leblanc pour un départ rapide. Et Leblanc de revenir voir Jules Blondeau :

— Vous me décevez, Leblanc, je n'aurais jamais pensé qu'un jour vous me feriez chanter !

— Je ne vous fais pas chanter, monsieur Blondeau, je dois absolument quitter la colonie, je ne veux pas d'une vie d'*habitant* et en plus les jésuites essayent de m'enrôler. Je n'ai pas d'autre solution que de partir en traite...

— Comment vous faire confiance, vous n'êtes pas *voyageur*! Voici presque deux ans que j'ai confié deux canots à un certain Dugay, soi-disant très habile, et j'attends toujours mes fourrures!

— Il a sans doute eu des problèmes, ça n'est pas toujours facile en forêt!

— Vous n'en avez pas entendu parler, pas hasard, de ce Dugay?

— Non, je ne l'ai jamais revu... mais je vous assure que je partirai avec des hommes sûrs et que je prendrai grand soin de vos marchandises.

— Je veux bien vous croire, Leblanc, mais c'est un grand risque pour moi, un grand risque que...

— Le grand risque pour vous, ce serait qu'on apprenne ce que vous avez fait à la foire de Mont...

— Ah! non, Leblanc! Arrêtez avec ça! Qu'on n'en parle plus de la foire de Montréal! Vous les aurez, vos marchandises. Deux canots, pas davantage, et vous les mènerez à un traiteur qui se trouve au lac Nipissing. Il les attend.

Le départ eut lieu deux semaines plus tard. Jules Blondeau joua sur son association avec le marchand Ménard pour bénéficier une fois encore de son congé de traite. Tout comme Pierre Leblanc, responsable des marchandises, chaque *voyageur* reçut un contrat en bonne et due forme. Seul Paul Dugay se cacha pour embarquer, mais il avait l'habitude de se passer des papiers officiels.

Leblanc garda jusqu'au bout le secret sur sa nouvelle activité afin de ne pas s'attirer de problèmes avec les jésuites. Jean-Baptiste Langlade, le seul à être dans la confidence, tenta de le persuader de renoncer. De toutes ses forces il essaya de lui prouver que le bonheur, ici, c'était de bâtir un pays, avec la hache et la charrue, comme le voulaient le gouverneur et l'évêque. Et aussi l'intendant Colbert, et plus encore Louis XIV. Mais rien n'y fit. Pierre Leblanc n'entendait que l'appel des rivières.

Il emmena son chien Mukwah, que les hommes de Dugay n'acceptèrent que dans la mesure où il excellait à renifler l'Iroquois. Outre Leblanc et Dugay, cet embarquement inespéré faisait dix heureux, dix hommes que les départs de mai avaient laissés sur la grève. Les congés étaient rares et les *voyageurs* nombreux en Nouvelle France. Nombreux et encore plus pressés de sauter dans un canot depuis les dernières menaces de monsieur de Frontenac. Ni le risque iroquois, ni le salaire insignifiant ne faisaient obstacle à la détermination de ces forçats de la pagaie. Seul comptait pour eux de se dire, passé la chapelle Sainte-Anne, que le monde leur appartenait.

Et c'était bien cela, cette infinie liberté, loin du contrôle de l'État comme de celui du clergé, qui leur valait, chez tous ceux qui trimaient dans les champs, autant de blâme que d'envie. Autant d'admiration que de mépris.

Table des matières

La collection Grande Nature – Histoires vécues

LIBRE!
Claude Arbour

Debout derrière ses chiens de traîneau sur une route de neige ou en canot sur un lac paisible au crépuscule, Claude Arbour parle de son quotidien dans la grande forêt laurentienne où il vit isolé depuis des années.

SUR LA PISTE!
Claude Arbour

Claude Arbour poursuit ici le remarquable récit de sa vie dans les bois, à l'écart de la civilisation moderne. Comme dans *Libre!*, il nous entraîne avec lui à la découverte de la vie qui bat tout près : castors, loups, huarts à collier, balbuzards...

BEN
Benjamin Simard

L'histoire vraie d'un coureur des bois d'aujourd'hui, un peu poète, parfois rebelle, qui vit au contact des orignaux, des ours et des loups dans le parc des Laurentides.

EXPÉDITION CARIBOU
Benjamin Simard

L'histoire vraie d'un coureur des bois d'aujourd'hui, d'un homme d'action qui vit avec les caribous dans l'impitoyable froid du Grand Nord.

Revoici l'auteur de *Ben*, poète à ses heures, qui raconte ses aventures : les tournées harassantes en avion, les dangereuses expéditions de capture, la magie de la toundra.

PIEN
Michel Noël

Fils d'une Blanche déracinée et d'un Métis tiraillé entre le progrès et les traditions de ses ancêtres, Pien observe, sent, vibre. Son monde, un coin du Nord ouvert au déboisement sauvage des années 50, est hostile. Mais c'est un univers qui forge des coeurs passionnés.

PRIX LITTÉRAIRE DU GOUVERNEUR GÉNÉRAL DU CANADA

DOMPTER L'ENFANT SAUVAGE - tome 1
NIPISHISH
Michel Noël

Le missionnaire de la réserve a bien averti les Algonquins. «Mes chers amis, le gouvernement du Canada vous offre un grand cadeau: il va envoyer vos enfants à l'école! Enfin, ils apprendront à lire, à écrire et à bien se comporter en société. Ne vous inquiétez de rien, nous viendrons les chercher à la fin de l'été pour les mener au pensionnat.»

«Quoi? riposte Shipu, le père du jeune Nipishish. Les Blancs veulent nous arracher nos enfants? Jamais!»

DOMPTER L'ENFANT SAUVAGE - tome 2
LE PENSIONNAT
Michel Noël

Nipishish et ses camarades ont été transplantés contre leur gré dans un pensionnat indien. En effet, le ministère des Affaires indiennes, de concert avec le clergé catholique, a décidé de civiliser et d'instruire les «Sauvages». Mais, pour le privilège d'apprendre à lire et à compter, les jeunes autochtones paieront un prix terrible: vêtements confisqués, langue maternelle bannie, traditions ridiculisées, ils se verront dépouiller de leur identité.

ALERTE À L'OURS
André Vacher

Les habitants d'un petit village des Rocheuses canadiennes ne dorment plus. Ils sont terrorisés. Des ours attaquent, blessent et tuent les gens dans la forêt avoisinante. On organise des battues mais en vain. La tension monte dans la petite localité. Il faut faire cesser le carnage.

ENTRE CHIENS ET LOUPS
André Vacher

Cet ouvrage réunit six histoires authentiques et pourtant à peine croyables tant les animaux du Grand Nord défient le sens commun par leur ruse et leur habileté. L'auteur les a recueillies en majorité au Yukon et dans les immenses Territoires du Nord-Ouest, souvent de la bouche même de ceux qui les ont vécues.

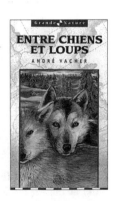

LE VIEIL INUK - tome 1
LE LOUP BLANC
André Vacher

Le vieil Inuk s'appelle Amaamak. Comme ses ancêtres depuis 4000 ans, Amaamak a connu toutes les cruautés d'une nature implacable.

Son petit-fils Kingalik, lui, ne jure que par la motoneige, la nourriture des Blancs et le confort des maisons du Sud.

L'auteur, André Vacher, part en traîneau dans les glaces avec les deux Inuits. Il vivra une aventure extraordinaire.

LE VIEIL INUK - tome 2
LA STATUETTE MAGIQUE
André Vacher

Amaamak, le vieil Inuk, veut se concilier l'esprit du grand loup blanc. Il veut échapper au destin qui l'attend. Voilà pourquoi, durant une longue tempête, il a sculpté une statuette magique dans la pierre. La suite d'un récit authentique, essentiel, qui se grave dans la mémoire comme un immense chant à la Vie.

LES CARNETS DU MOUTON NOIR - tome 1
L'HIVER EN ÉTÉ
Marie-Danielle Croteau

Imaginez de VIVRE sur un bateau. De passer Noël sur un bateau, d'aller à l'école sur un bateau. Depuis leur plus tendre enfance, Gabrielle et Arnaud parcourent le monde avec leurs parents à bord du *Mouton Noir*. Voici l'histoire de cette famille peu ordinaire, qui a troqué une existence «normale» contre la grande aventure de la vie en mer.

LES CARNETS DU MOUTON NOIR - tome 2
L'ÉTÉ EN HIVER
Marie-Danielle Croteau

Voilà la suite d'un récit de vie en mer riche et authentique, mais surtout une chronique qui respire la ténacité devant les embûches, l'ouverture sur les autres et la confiance en la Vie.

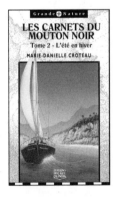

SALUT DOC, MA VACHE A MAL AUX PATTES! - tome 1 SANS BLAGUES
Jean-Pierre Dubé

Jean-Pierre Dubé vient d'obtenir son premier contrat à la clinique de Mont-Joli, en Gaspésie, et découvre son métier.

Tout est nouveau pour lui : la région, le milieu des producteurs agricoles et, bien sûr, la pratique elle-même où son inexpérience lui vaudra de multiples mésaventures racontées avec beaucoup d'humour.

SALUT DOC, MA VACHE A MAL AUX PATTES! - tome 2 S.O.S.
Jean-Pierre Dubé

Au terme d'une première année de pratique vétérinaire en Gaspésie, Jean-Pierre Dubé s'installe en Montérégie.

Fort de sa jeune expérience, il n'est pourtant pas au bout de ses peines; chaque producteur agricole rencontré, chaque appel d'urgence, lui réservera de nouvelles surprises et encore bien des mésaventures!

L'ENVOL
Claude Arbour

Du fond de la forêt où il vit à longueur d'année avec sa famille, Claude Arbour témoigne. Ornithologue passionné depuis l'enfance, naturaliste au service de l'écologie, il raconte l'évolution des forêts et des lacs qui sont les nôtres, et ses rencontres avec les merveilles de la nature sauvage qu'il protège et qu'il aime.